**Hoffnungssterne am Adventsbaum**

Eine historische Weihnachtserzählung

Über die Autorin

*Brigitte Liebelt* ist ausgebildete Diplom-Bibliothekarin und Krankenschwester. Seit über 30 Jahren engagiert sich die sechsfache Mutter und Pastorenfrau ehrenamtlich in verschiedenen Arbeitszweigen ihrer Gemeinde und bei Frauenfrühstückstreffen. Sie lebt in Villingen-Schwenningen. Nach „Im Dienst der Hoffnung“ und „Die Vikarin“ ist „Hoffnungssterne am Adventsbaum“ das dritte Werk der Autorin.

Brigitte Liebelt

# Hoffnungssterne am Adventsbaum

Eine historische Weihnachtserzählung

GerthMedien

MIX
Papier | Fördert gute Waldnutzung
FSC® C014496

Der Verlag weist ausdrücklich darauf hin, dass im Text enthaltene externe Links vom Verlag nur bis zum Zeitpunkt der Buchveröffentlichung eingesehen werden konnten. Auf spätere Veränderungen hat der Verlag keinerlei Einfluss. Eine Haftung des Verlags ist daher ausgeschlossen.
Die zitierten Bibelverse sind folgender Bibelausgabe entnommen: Lutherbibel, revidierter Text 1984, durchgesehene Ausgabe in neuer Rechtschreibung, © 1999 Deutsche Bibelgesellschaft, Stuttgart.


1. Auflage 2025
Bestell-Nr. 821148
ISBN 978-3-98695-148-1

Umschlaggestaltung: Hanni Plato
Umschlagmotiv: Gert Wagner unter Verwendung von bildgebenden Generatoren
Satz: Uhl + Massopust, Aalen
Druck und Verarbeitung: GGP Media GmbH, Pößneck
Printed in Deutschland
www.gerth.de

*Den Menschen gewidmet,*
*die ihre Liebe,*
*Kraft und Zeit in Kinder investieren!*

Eigentlich war es die Kartoffelfäule, die im Sommer 1846 entscheidende Weichen in Annas Leben stellte. Schon in den letzten Jahren war die Ernte immer schlechter ausgefallen als erwartet, sodass ihre Mutter sich gezwungen sah, zusätzlich zur der kleinen Landwirtschaft Heimarbeit anzunehmen. Da Anna in diesem Jahr die Schule beendet hatte, war ihre Mithilfe dabei von vornherein eingeplant.

Während ihre Mutter sich nach der morgendlichen Stallarbeit an die Nähmaschine setzte, um mit ihrem Handrad endlose Nähte herunterzurattern, hastete Anna durch die notwendigste Hausarbeit. Anschließend widmete sie sich ihrem Anteil an der Arbeit. Dieser bestand aus unzähligen Kleinigkeiten, die mit der Hand genäht werden mussten. Der Stapel, der jeweils auf der Tischecke bereitlag, schien kaum kleiner zu werden. Sie hockte an dem kleinen Fenster, wo das meiste Licht hereinkam, und fasste Knopflöcher mit winzigen Stichen ein, bis ihre Augen tränten. Außerdem nähte sie Knöpfe an und säumte Meter für Meter.

Nebenher versuchte sie, die über den Tag anfallenden Arbeiten in Haus und Garten zu erledigen. Das gelang ihr mitunter so einigermaßen. Aber an den meisten Tagen war sie eben nicht fertig, wenn sie es hätte sein sollen – die Spätzle wurden zäh und hart oder sie kam mit der Wäsche nicht hinterher. Mutter schimpfte, bis Anna immun dagegen wurde, aber je ungeduldiger sie wurde, umso lockerer war ihr Handgelenk, und dem konnte Anna nicht aus dem Weg gehen.

Ihr Vater schlug sich von früh bis spät mit dem Boden herum, der doch die Ernte nicht geben wollte. Darüber hinaus arbeitete er für die Großbauern als Tagelöhner. Es war schon dunkel draußen, wenn er völlig erschöpft nach Hause kam, in verschwitzten, schmutzigen Kleidern, Erdklumpen unter den Stiefeln, hungrig, durstig und frustriert. Dass er dann nur noch seine Ruhe haben wollte, konnte Anna verstehen. Und auch sie hätte gerne etwas anderes gegessen als Spätzle und Gemüse, sieben Tage die Woche. Sie sah selbst, was alles liegen blieb: Die Fenster waren fast blind, der Herd ganz verrußt, und der Staub auf den Regalbrettern bildete eine schmierige Schicht. Es war kein gemütliches Heim.

Aber das war nicht das Schlimmste. Es war ein Haus, aus dem gute Worte, Lachen und Liebe verschwunden zu sein schienen, und sie hätte nicht einmal sagen können, seit wann. Hatte es das alles überhaupt jemals gegeben? Es verbitterte sie, dass ihre Eltern nicht erkannten, dass sie sich wirklich Mühe gab, alles zu schaffen. Rackerte sie sich nicht ebenso ab wie sie, vom Morgen bis zum Abend? Früher waren wenigstens ihre großen Geschwister noch da gewesen. Nun konnten sie ihr nicht mehr beistehen. Sie waren beide bereits verheiratet, wohnten seither im Nachbarort, hatten kleine Kinder und ihre eigenen Sorgen.

Es wäre nicht auszuhalten gewesen, wenn da nicht Paul gewesen wäre – Paul, der Nachbarsjunge, der ihr bester Freund war, solange sie denken konnte. Als sie klein waren, hatten sie zusammen im Sand gespielt. Sie hatten sich gezankt und wieder vertragen, waren jeden Morgen gemeinsam zur Schule gelaufen und waren an langen Sommerabenden mit den Nachbarskindern unterwegs gewesen. Anna hatte immer gewusst, dass sie Paul heiraten wollte, sobald sie groß genug waren. Letzten Sommer hatte er sie zum ersten Mal hinter dem Stall geküsst, als er sie nach dem Dorffest heimbrachte. Sie war außer sich gewesen vor Seligkeit. Dass er ausgerechnet sie wollte! Wenn sie in den Spiegel sah, konnte sie nur Durchschnitt erkennen: die Haare zwischen blond und braun und einfach nur langweilig glatt, graue Augen. Sie war weder groß gewachsen noch auffallend klein zu nennen, schmal, ein Mädchen, das jedermann leicht übersah. Anna hatte sich daran gewöhnt.

Aber Paul! Paul mit seinen braunen Locken, die ihm eigenwillig in die Stirn fielen, egal wie er sie zu kämmen versuchte, Paul mit den funkelnden dunklen Augen. Paul war etwas Besonderes. Und was Anna am meisten an ihm liebte: Mit Paul konnte sie reden. Er wusste so viel und dachte über alle möglichen Dinge nach. Wenn sie dagegen mit ihrem Vater reden wollte, brummte er nur und sagte, er habe den Kopf voll und sie solle lieber das Geschirr spülen.

Pauls Kindheit und Jugend waren alles andere als leicht gewesen: Er war ohne Vater aufgewachsen und seine Mutter, die sich als Dienstmagd bei den verschiedensten Höfen durchgeschlagen hatte, war schon vor einigen Jahren gestorben. Vielleicht war er deshalb so selbstständig, weil er immer gewusst hatte, dass er auf niemanden sonst zählen konnte.

Paul war es auch, der Anna erzählte, wie es zu der großen Not gekommen war. Schon vor 30 Jahren, als ihre Eltern selbst noch Kinder gewesen waren, hatte es dieses furchtbare Jahr ohne Sommer gegeben. Die Sonne zeigte sich nicht. Woche für Woche zogen schwere Unwetter über das Land. Es regnete und stürmte. Im Juli gab es auf der Schwäbischen Alb sogar Schnee. Die Ernte fiel fast vollständig aus: kein Obst, kein Getreide, kein Wein. Dabei waren die Menschen doch schon gebeutelt genug durch die Kriegswirren. Auch die letzten Ernten waren bereits weit hinter den Erwartungen zurückgeblieben. Napoleons Kriege hatten das Land ausgelaugt. Die französischen Herrscher vor Ort hatten das Königreich Württemberg ebenso hemmungslos ausgebeutet wie das benachbarte Großherzogtum Baden.

Die Franzosen waren nun endlich fort, aber es gab keine Entspannung. Die Getreidepreise kletterten in schwindelerregende Höhen. Es gab mehr Todesfälle als Neugeborene. Das Vieh fand keine Nahrung mehr. Den Besitzern blieb keine andere Wahl als ihre kostbaren Tiere notzuschlachten, um wenigstens noch das Fleisch verbrauchen oder zu Geld machen zu können. Auch Vater hatte manchmal von Brot aus Stroh und Baumrinde gesprochen, wenn sie das widerliche Queckenbrot aßen, das Anna nur hinunterbekam, weil ihr Magen so knurrte.

Die Menschen hier auf dem Land suchten verzweifelt nach einer Erklärung für all die nicht endende Not. Es musste eine Strafe Gottes sein! Paul wusste es besser: Am anderen Ende der Welt war im Jahr zuvor, 1815, ein Vulkan ausgebrochen und hatte, zusammen mit seinem Gefolge von Feuer, Tsunami und Seuchen, fast 300 000 Menschen in diesem fernen Teil der Erde das Leben gekostet. Die Schwefelwolken zogen rings um den Erdball und ließen das Sonnenlicht nicht durch. Dadurch war das Wetter in vielen Ländern völlig aus den Fugen geraten. Folglich nahm die Teuerung in Württemberg immer mehr zu. Viele Menschen hatten all ihr Hab und Gut verloren. Die aussichtslose Lage schürte Hass und Gewalt. So kam es zu Plünderungen und Ausschreitungen gegen die „Kornjuden", denen man vorwarf, das Getreide zu horten. Daneben bevölkerten Scharen von hungrigen Bettlern die Städte. Man erzählte sich von den Unruhen in den Großstädten, in Berlin und auch bei ihnen im Süden, in Stuttgart. Menschen sammelten sich und protestierten dagegen, dass die Lebensmittel, die ihnen auf dem Teller fehlten, für gutes Geld ins Ausland verkauft wurden. Und dass die doch ohnehin viel zu knappe Kartoffelernte in den Schnapsbrennereien landete anstatt in ihrem Keller.

Daneben gab es auch die Klugen, die nach tieferliegenden Ursachen forschten und eine politische Veränderung forderten. Nach dem Vorbild der Revolution in Paris gingen sie für Meinungs- und Pressefreiheit auf die Straßen. Auch von solchen Demonstrationen erzählte Paul Anna bei ihren abendlichen Spaziergängen durch die Felder, nachdem sie sich in der Dunkelheit heimlich aus dem Haus gestohlen hatte. Er sprach über die Freidenker mit Leidenschaft, ja mit Enthusiasmus.

„Es soll sogar Frauen geben, die mitmachen", erzählte er Anna, „sie tragen Männerkleidung, rauchen Pfeife und trinken Bier in den Lokalen, in denen sie sich treffen. Und dann diskutieren sie wie die Männer."

Anna ließ das hingegen völlig kalt. „Die haben Sorgen", sagte sie verächtlich, „wenn es erst mal für das tägliche Brot reicht!" Paul kratzte sich am Kopf. „Du musst weiter denken, Anna", ermutigte er sie, und Anna dachte daran, dass er schon immer weiter gesehen hatte als sie, dass Vater ihn aber als Spinner und Tagträumer abtun würde. „Die da oben machen mit uns, was sie wollen. Wir schuften und schuften und bringen es ein Leben lang zu nichts. Wir müssen mitreden können, damit es besser für alle wird." Er machte eine weit ausholende Handbewegung, die alles um sie herum mit einschloss: die ärmlichen Gehöfte, die schmalen Äcker und sie selbst in ihren abgetragenen und geflickten Kleidern. Anna hatte überhaupt keine Lust, sich nach dem langen Arbeitstag noch mit Politik zu befassen. Ihre Augen brannten vor Müdigkeit und ihr Rücken fühlte sich an, als würde er gleich durchbrechen.

Sie griff nach Pauls Hand und er legte den Arm um sie. Sie schmiegte sich an ihn. „So müsste es immer sein", flüsterte sie, „nur wir beide." Sie hob ihr Gesicht und er küsste sie zärtlich. Doch dann drehte er sie plötzlich mit einem Ruck zu sich um, sodass sie erschrak.

„Anna! Wir können es tun. So viele Menschen versuchen ihr Glück in Amerika. Wir könnten auswandern, wir beide, nur du und ich. Wir bauen uns dort ein besseres Leben auf!" Annas Herz schlug zum Zerspringen. Wir beide ... Davon hatte sie geträumt. Das war es, was sie wollte. Aber ... „Das ist nicht dein Ernst, Paul! Wie sollen wir denn dahin kommen?" Er ließ sie los und schwang sich auf einen Zaun am Wegrand. Sie sah zu ihm auf. Sein Hemd war am Kragen zerrissen und seine Stiefel so schmutzig wie die ihres Vaters, aber seine Augen glänzten. Er reckte sein Kinn und hielt den Kopf erhoben – ein Mann, der sein Leben in die Hand nahm und nicht bereit war aufzugeben. Er wischte ihre Bedenken weg. „Wir schaffen das. Ich lege jede Woche Geld zur Seite, bis wir genug haben für die Postkutsche. Es gehen auch manche zu Fuß bis nach Bremerhaven! Mach dir keine Sorgen. Irgendwie kommen wir schon bis dorthin. Wir sind doch jung! Dort suchen wir uns Arbeit und wenn es für die Fahrkarte nach New York reicht, geht's los." Anna schüttelte den Kopf. „Du sagst das, als sei das so einfach. Was ist mit der Auswandereragentur? Du bist noch militärpflichtig, Paul, das weißt du doch. Wie willst du an einen Reisepass kommen?" „Wer nicht wagt, der nicht gewinnt. Wir gehen einfach. Den Pass können wir in

Bremerhaven beantragen, wenn wir dort gearbeitet haben." Er wandte ihr sein Gesicht zu und trotz der hereinbrechenden Dunkelheit konnte sie ihm ansehen, dass sein kühner Entschluss seit langem gereift war und feststand. Er würde sich nicht beirren lassen. „Und die Eltern? Mein Vater erlaubt mir das nie und nimmer." Paul ließ keine Einwände gelten. „Er wird. Er muss. Wenn ich das Geld zusammenhabe."

Nach diesem Abend war die Auswanderung nach Amerika, ins gelobte Land, ihr gemeinsamer Traum. Gustav, ein alter Bekannter aus Vaihingen an der Enz und nur ein paar Jahre älter als Paul und sie, hatte es bereits geschafft. Er war ausgewandert und schickte seiner Familie in Abständen Briefe, in denen er von seiner Arbeit als Bäcker im Staat Illinois schrieb. Anscheinend fand sein deutsches Backwerk dort reißenden Absatz. Amerika war eben das Land der unbegrenzten Möglichkeiten! Man musste nur auf eines der Dampfschiffe in Bremerhaven kommen. Wer sich die Überfahrt auf dem Dampfschiff nicht leisten konnte, fand billiger einen Platz im Zwischendeck eines Seglers, der Fracht nach Europa gebracht hatte und auf dem Rückweg den freigewordenen Lagerraum mit Passagieren füllte. Egal. Irgendwie. Nur an Bord kommen.

Zuerst wuchs Pauls Sparstrumpf. Anna hatte keine Möglichkeit, ihrerseits auch etwas beizusteuern. Die Eltern kamen gerade so über die Runden. Eigenes Geld für ihre Arbeit? Mutter würde in die Luft gehen, wenn sie so etwas nur ansatzweise erwähnen würde. Nun ja. Sie würden die Eltern vor vollendete Tatsachen stellen, wenn es erst so weit war. So versuchte Anna sich jedenfalls Mut zu machen. Hauptsache, Paul und sie waren zusammen. Doch dann kam die Kartoffelfäule. Paul fand keine Arbeit mehr als Tagelöhner, um zu seinem schmalen Lohn etwas dazuzuverdienen. Es gab einfach nichts zu ernten. Die Preise für Roggen und Kartoffeln, fürs tägliche Leben, schossen in immer noch schwindelerregendere Höhen.

„Wir gehen jetzt", verkündete er mit finsterer Miene, nachdem er Anna überraschend früh an einem Sonntagnachmittag abgeholt hatte, „ehe das, was ich angespart habe, auch noch weg ist. Nichts wie weg von hier. Jetzt oder nie." Anna fühlte einen Kloß im Hals. Schon in dem Moment, als er es aussprach, wusste sie, dass es nichts werden würde. Sie wusste es einfach. „Wir gehen zu deinem Vater. Jetzt."

„Bist du verrückt geworden?" Vater fragte es nicht, er brüllte es so laut, dass die Nachbarn es noch drei Häuser weiter hören mussten, kaum hatte Paul in aller Kürze sein Anliegen vorgetragen.

„Glaubst du im Ernst, ich gebe meine Tochter einem Verrückten, einem Tagträumer? Sie werden dich erwischen, kapierst du nicht, dann bist du nichts weiter als ein Deserteur. Und glaubst du wirklich, ich lasse Anna in einer dieser vergammelten überfüllten Spelunken unterwegs verkommen, bis ihr auch nur an irgendeinem Hafen angekommen seid? Geh doch, wenn du so dumm bist, aber allein!“ Sein Gesicht war puterrot angelaufen. Er atmete schwer. Am Hals pochte eine Ader. Anna hatte ihn schon oft wütend gesehen, aber so noch nie. Es war schrecklich. Sie wich zurück und versteckte sich hinter Paul. Ihre Mutter erschien in der Küchentür, ein nasses Geschirrtuch in der Hand. Vater schnaubte. „Was hast du meiner Tochter in den Kopf gesetzt? Ich hätte dich schon längst fortjagen sollen! Nein! Das ist mein letztes Wort!“ Seine Hand schoss vor, ehe Paul oder Anna reagieren konnten. Er packte sie am Arm und zerrte sie mit einem solchen Ruck hinter Paul hervor, dass sie nach vorn stolperte und sich schmerzhaft an der Tischkante stieß. Vater baute sich zwischen ihr und Paul auf. Mit dem freien Arm wies er zur Tür. „Raus! Ich sage nichts weiter. Raus, und lass dich hier nie mehr blicken. Stürz dich in dein Unglück, du eingebildeter Narr, wenn du unbedingt willst, aber lass die Hände von meiner Tochter!“

Paul konnte sich nur noch durch einen Sprung in Sicherheit bringen, bevor die Haustür hinter ihm zuschlug, dass die Wände wackelten. Anna zitterte am ganzen Körper – vor Schreck, Angst und Wut. „Wie kannst du mir das antun!“, schrie sie schrill auf. Plötzlich war ihr vollkommen egal, wie ihr Vater reagieren würde. „Ich liebe ihn! Wir wollen heiraten!“ Die Tränen schossen ihr in die Augen. Zuerst dachte sie, ihr Vater würde sie schlagen. Der aber schüttelte nur langsam den Kopf und ließ sich schwer auf seinen Stuhl fallen. Alle Energie schien zusammen mit der Wut aus seinem Körper gewichen zu sein. Er stützte den Kopf auf die Hände, ohne sie anzusehen. „Nein, Anna“, sagte er mit einer veränderten Stimme. Es klang nicht mehr zornig. Sondern müde. Hoffnungslos. Aber endgültig. „Das ist mein letztes Wort.“ Anna rang nach Luft. Sie blieb vor ihm stehen und konnte es nicht glauben, was geschehen war. „Und wenn ich trotzdem gehe?“ Mit einem Satz war die Mutter bei ihr. Die Ohrfeige tat weh, aber Anna reagierte nicht darauf. „Du hast gehört, was dein Vater gesagt hat. Nichts als Dummheiten im Kopf! Hier! Du kannst die Nähte bügeln, damit wir morgen früh gleich weitermachen können. Dein Leben ist hier!“ „Heute ist Sonntag“, sagte Anna leise. Ein letztes Aufbegehren. Doch in ihrem Herzen wusste sie, dass sie verloren hatte.

Am nächsten Morgen lag der Brief auf dem Küchenfußboden. Paul musste ihn in der Nacht unter der Tür durchgeschoben haben. Er war sehr kurz. *Vergib mir, Anna. Lebewohl. In Liebe, Paul.*

Er war fort. Ohne Abschied, ohne noch einmal versucht zu haben, sie doch irgendwie mitzunehmen. Er hätte doch wissen können, dass sie sich schlaflos in der Kammer auf ihrem schmalen Bett wälzte. Er hätte es wenigstens versuchen können! Sie hatten doch nichts mehr zu verlieren. Der Brief enthielt kein Versprechen, sie irgendwann nachzuholen. Es war vorbei. Ihr Leben war vorbei. Dabei hatte es doch kaum begonnen.

Anna quälte sich durch die Tage und in der Nacht weinte sie in ihr Kissen. Zuerst schmiedete sie in ihrer Wut wilde Pläne, wie sie davonlaufen und Paul noch einholen würde, aber im nüchternen Licht des Tages musste sie sich die Sinnlosigkeit dieses Unterfangens eingestehen. Das Leben hatte seine letzte Farbe verloren. Es gab nur noch Arbeit mit krummem Rücken, die Sorge um das tägliche Brot und die bange Frage, ob die einzige verbliebene Ziege den Winter überleben würde. Nach und nach wurde Anna klar, dass Paul niemals zurückkommen würde. Ein ganzes Jahr verging darüber. Die Not wurde immer schlimmer. Anna versuchte, ihre Träume zu begraben und einfach nur zu existieren.

Freude schien ein Fremdwort geworden zu sein. Inzwischen gab es auch einen anderen jungen Mann im Dorf, der sein Interesse an ihr signalisierte, aber sie hatte sich ganz und gar in ihr Schneckenhaus zurückgezogen. Kein Mann war wie Paul.

Und dann, eines Tages, brachte der Bote die Post. Ein reichlich zerknitterter Umschlag mit vielen Stempeln, an Vater adressiert. Pauls Handschrift war es nicht, das sah Anna mit einem raschen Blick, bevor der Vater danach griff. „Von der Sophie!“ Seine Stimme war weich. Sophie war Vaters älteste Schwester. Vor acht Jahren war sie einem Aufruf im *Christenboten* gefolgt, der Diakonissenanwärterinnen für die neue Diakonissenanstalt in dem kleinen Städtchen Kaiserswerth am Rhein suchte. Ein junger Pfarrer, Theodor Fliedner, bildete dort unverheiratete Frauen in der Krankenpflege und als Kleinkinderschullehrerinnen aus. Es war ein Versuch, der großen sozialen Not zu begegnen, die es auch dort weit fort im Rheinland gab.

Fliedner wollte den Frauen eine sinnvolle Berufstätigkeit ermöglichen, damit sie auf eigenen Beinen stehen konnten. Bislang waren die Aussichten für unverheiratete Frauen düster: Sie konnten sich lediglich als Dienstmädchen oder Tagelöhnerinnen verdingen oder sie wurden als fünftes Rad am Wagen im Haushalt ihrer verheirateten Geschwister mit durchgefüttert. Frauen aus dem Bürgertum stand noch der Beruf der Gouvernante offen, immer abhängig von den Launen ihrer Dienstherren. Dazu kam erschwerend, dass in den verheerenden Kriegen Napoleons zahllose junge Männer ihr Leben gelassen hatten. Allzu viele Frauen mussten ihren Traum von Ehe und Familie begraben.

Sophie Wagner fühlte sich ganz persönlich von Gott zu diesem Dienst berufen. Ihr war schnell klar: Sie würde nach Kaiserswerth gehen und Diakonisse werden. Sieben junge Frauen aus dem Schwabenland waren es insgesamt, die die anstrengende Reise ins preußische Rheinland gewagt hatten.

Ein Jahr später war Sophie mit zwei weiteren Probeschwestern für fünf Jahre ins Diakonissenamt eingesegnet worden und wieder ein Jahr später hatte sie ihren Dienst angetreten, im neugegründeten Wilhelmshospital in Kirchheim unter Teck.

So hart die Arbeit an den Schwerkranken mit nur zwei Schwestern war, trotz eigener schwerer Krankheit – sie hatte monatelang mit Typhus darniedergelegen und man fürchtete um ihr Leben: Sophie hatte es nie versäumt, lange blumige Briefe an ihre Familie in der alten Heimat zu schreiben, in denen sie von Freud und Leid erzählte. In allem, was sie schrieb, leuchtete die Liebe zu ihrem Gott durch, für den allein sie ihren Dienst tat. Anna hatte sie zu selten gesehen, um ihre Tante wirklich zu kennen, aber ihre Hingabe und Frömmigkeit schienen echt zu sein, voll inniger Wärme und Gefühl. Das war etwas, was ihr zu Hause fremd geblieben war. Vater sprach manchmal von Großvater, der mit seinen Kindern gebetet hatte. Er hatte sie nicht nur in den Gottesdienst mitgenommen, sondern sein Anliegen war, dass sie alle eine echte Herzensbeziehung zu Gott aufbauen und „Jesus als ihren Heiland" annehmen sollten.

Aber Annas Vater schien die Religion zusammen mit seiner Kindheit abgestreift zu haben. Vielleicht war da noch der Hauch eines warmen Gefühls, wenn er denn selten genug einmal daran zurückdachte. Er hatte mit Gott abgeschlossen. Im Elternhaus von Annas Mutter war weder gebetet noch Bibel gelesen worden. Mutter kannte nichts als Arbeit von

Kindesbeinen an – tagaus, tagein. Vermutlich war sie deshalb so hart geworden.

Nach zwei Jahren gesegneter Arbeit in Kirchheim wurde das Krankenhaus von Kaiserswerth unabhängig. Sophie und die beiden Schwestern kehrten daher in ihr Mutterhaus an den Rhein zurück, wo neue Herausforderungen warteten. Friederike Fliedner, die Frau des Gründers, war nach einer zu frühen Entbindung gestorben. Ihr plötzlicher Tod riss eine große Lücke in das junge Werk, war sie doch unermüdlich als Vorsteherin der Schwesternschaft tätig gewesen. Sophie hatte sie in ihren Briefen stets als „Mutter" bezeichnet, ihr völlig vertraut, ja, sie geradezu verehrt. Der Witwer mit seinen überlebenden drei Kindern heiratete im Jahr darauf erneut. Um seine zweite Frau Caroline, die nun auch Vorsteherin der Schwesternschaft wurde, zu entlasten, war Sophie in diesem Jahr mit dem verantwortungsvollen Amt der Hausmutter betraut worden. Sie hatte sich in ihrem Dienst als willensstarke, aber fähige Persönlichkeit bewährt.

Vater ließ den Brief sinken. Der gedankenvolle Blick, mit dem er sie musterte, beunruhigte Anna. Sie spürte, dass die Zeilen nicht nur Schilderungen vom Leben in der Kaiserswerther Diakonissenanstalt enthielten, sondern dass Tante Sophie auch ihretwegen geschrieben hatte. Anna war so wütend auf ihren Vater. Ja, in diesem Moment gestand sie es sich ein: Sie hasste ihre Eltern. Sie behandelten sie wie einen Gegenstand oder wie die letzte Magd. Sie hatten ihr Leben und ihre Liebe zerstört und ihr nichts dafür gegeben. Aber zum allerersten Mal seit dem furchtbaren Nachmittag, der mittlerweile Teil eines anderen Lebens zu sein schien, bekam Anna eine Ahnung davon, dass es möglicherweise noch etwas anderes gewesen war, was ihren Vater bei seiner Reaktion auf Pauls Vorhaben geleitet hatte. Dass es nicht allein Willkür, Engstirnigkeit und Jähzorn gewesen waren. Vater setzte an, um etwas zu sagen, hielt dann aber inne. Er streckte ihr den Brief hin und sagte leise: „Hier, Kind. Lies selbst."

New York! Paul konnte es kaum glauben, dass er es wirklich geschafft hatte. Seine Beine zitterten und drohten unter ihm nachzugeben, als er zum letzten Mal die Leiter zum Deck hochstieg. Das lag jedenfalls nicht an dem Gewicht seines Bündels, das er über die Schulter gehängt hatte. Vor zwei Tagen hatte er das letzte Bisschen seines Reiseproviants verzehrt. Wenn er nicht mit eiserner Disziplin seine Rationen eingeteilt und sich täglich weniger zugemessen hätte, wäre dieser schon vor einer Woche aufgebraucht gewesen.

In diesem Moment kam ein deutliches Magenknurren aus der Richtung des jungen Mannes, der vor ihm die Leiter erklomm. „Ich kann nur hoffen, dass irgendein mildtätiger New Yorker Bürger etwas zu essen für uns hat", stöhnte sein Mitpassagier. Emil, mit dem er sich bereits in Bremerhaven angefreundet hatte, kam aus Baden. Aus welchen Gründen genau er sich auf die Reise in die Neue Welt gemacht hatte, ließ er stets im Dunkeln. Er war allerdings schon mit gültigen Reisepapieren im Hafen eingetroffen, obwohl er erst 20 Jahre alt war. Daher vermutete Paul, dass ihn sein Heimatort hatte loswerden wollen, weil er in irgendwelche kriminellen Machenschaften verstrickt gewesen war. Aber eigentlich wollte Paul es auch gar nicht so genau wissen. Wichtig war nur, dass man jemanden an Bord hatte, mit dem man reden konnte.

Paul dachte ungern an seine Reise durch die deutschen Länder zurück. Mehr als einmal hatte er gewünscht, er hätte diesen Plan niemals gefasst. Wenn er nicht alle Brücken hinter sich abgebrochen hätte, hätte er wohl aufgegeben. So aber war ihm nur die Flucht nach vorn geblieben. In Bremerhaven angekommen, hatte er sich sogleich Arbeit gesucht. Geschlafen hatte er in Scheunen und auf Dachböden. Erst als sein Geldbeutel sich praller zu wölben begann, wagte er es, als Bremerhavener Bürger die notwendigen Reisedokumente zu beantragen. Allzu oft hatte er während dieser Zeit zur Lüge greifen müssen. Beim Gedanken daran ekelte er sich vor sich selbst. Hier in Amerika wollte er nie wieder lügen müssen. Das hatte er sich während der 45 endlosen Tage und Nächte in dem elenden Zwischendeck geschworen. Er wollte sich wieder selbst ins Gesicht sehen können. 250 Passagiere hatte die zweimastige Brigg über den Atlantik transportiert, eingepfercht im Zwischendeck, ein Gedränge von allein reisenden Männern und etlichen Familien mit ganzen Scharen von Kindern. Man hatte rohe Stockbetten gezimmert, in denen die Menschen dicht an dicht schliefen. Privatsphäre war ein Fremdwort. Auf engstem Raum wurde geschlafen, gekocht, gegessen, Karten gespielt. Streitigkeiten waren an der Tagesordnung. In der Enge war es unmöglich, sich sauber zu halten. Paul hatte nicht nur wie die anderen unter der Seekrankheit gelitten, er hatte außerdem tagelang im Fieber gedämmert. Noch schlimmer war ein juckender Hautausschlag am ganzen Körper. Einige der kleinen Kinder waren sogar gestorben.

In seiner Hilflosigkeit war seine größte Sorge gewesen, seine wenigen Habseligkeiten zusammenzuhalten. Niemand traute dem anderen. Und da man nicht 24 Stunden wach bleiben konnte, war er sehr froh gewesen, sich mit Emil zusammenzutun. Gemeinsam war man einfach sicherer. Manchmal hatte er flüchtig daran gedacht, wie die Reise wohl mit Anna zusammen verlaufen wäre. Dabei musste er sich eingestehen, dass, so wie ihre finanziellen Verhältnisse waren, ihr Vater nicht ohne Grund die Fassung verloren hatte. Anna! Und jetzt trennte sie beide ein Ozean.

In den nächsten Tagen musste Paul die Agentur aufsuchen, die ihm eine Arbeit beim Eisenbahnbau an der kanadischen Grenze vermittelt hatte. Er hatte das Angebot, dort zunächst fünf Jahre nur für Kost und Logis zu arbeiten, annehmen müssen, um überhaupt auf das Schiff zu kommen. Paul machte sich nichts vor. Es würde nicht leichter werden. Aber im Moment war wenigstens die Seekrankheit vorbei. Er konnte seine Lungen mit salziger, frischer Luft füllen, die sich mit allen möglichen Gerüchen mischte. Und nun lag New York vor ihm. Er fühlte sich eingeschüchtert angesichts der unüberschaubar riesigen Stadt. Zudem verstand er kein Wort um sich herum. Auf dem Schiff hatte er von einem der Auswanderer ein paar Brocken Englisch gelernt. Jetzt wurde ihm klar, dass das nur ein geradezu lächerlicher Anfang war. Er würde in jeder Hinsicht lernen und hart arbeiten müssen.

Aber als allererstes brauchte er etwas zu essen. Emil wusste, dass es an der Lower East Side einen Bezirk namens „Little Germany“ gab, in dem die meisten Deutschen wohnten, die in New York geblieben waren, statt gleich weiterzuziehen. Sie hatten beschlossen, sich erst einmal dorthin durchzuschlagen. Nach einer anständigen und vor allem einer warmen Mahlzeit würde die Welt anders aussehen.

Anna schwirrte der Kopf. In dem Brief, den Vater erhalten hatte, ging es tatsächlich um sie. Von Paul und ihren geplatzten Zukunftsträumen schien Tante Sophie nichts zu wissen. Sie schrieb vom Waisenhaus in Kaiserswerth, das vor fünf Jahren gegründet worden war. Gerade in der letzten Zeit waren es durch die Hungersnot im ganzen Land immer mehr Kinder geworden, die Menschen brauchten, die sich liebevoll ihrer annahmen und sie versorgten. Ob Anna sich nicht rufen lassen würde? Sie könnte vielleicht sogar eine Ausbildung zur Kleinkinderschullehrerin machen. Oder … ob der Herr Jesus sie nicht zur Diakonisse berufen wollte? Anna habe doch Schulbildung genug und feine geschickte Finger durch das tägliche Nähen. Mehr als ein hingegebenes frommes Herz müsse sie darüber hinaus nicht mitbringen.

Mutter, die nun auch herbeigekommen war und ihr beim Lesen über die Schulter sah, schnaubte, als sie das von den „feinen, geschickten Fingern" las. „Hat die Sophie schon mal Annas Arbeit gesehen?" Anna wurde rot. Vorsichtshalber trat sie einen Schritt zurück, bevor sie zischte: „Du bist ja auch nie zufrieden, Mutter!" Tränen traten ihr in die Augen. Ihre Mutter fuhr schon herum, aber bevor sie aufbrausen konnte, stand ihr Vater auf. „Lass die Anna. Sie tut ihr Bestes." Anna schluckte die Tränen herunter und sah ihn erstaunt an. Hatte sie sich verhört? Es war das erste Mal, dass ihr Vater sich einmischte und ein gutes Wort für sie einlegte, anstatt ins gleiche Horn zu stoßen. Die Mutter riss ihr den Brief aus der Hand und warf ihn auf den Tisch. „Und was ist mit dem frommen Herzen? Widerspenstig ist sie, sonst nichts. Du musst dich ja nicht den ganzen Tag mit ihr herumärgern. Heult doch nur ihrem Kerl hinterher. Was soll das Geschwätz von der Sophie? Hält uns nur von der Arbeit ab und bringt uns nichts zu essen. Was haben wir mit den Bälgern am Rhein zu tun?"

Ohne ein Wort zog Vater seine Stiefel an und ging zur Tür. Damit hatte sich das Thema wohl vorerst erledigt. Der Tag verging wie gewöhnlich. Aber Anna dachte doch immer wieder an den Brief. Sich um Kinder kümmern, mit ihnen spielen, ihnen Liebe schenken. Und womöglich noch einmal zur Schule gehen und etwas lernen. Andere Gesichter sehen, andere junge Frauen treffen. Sie wusste gar nicht mehr, wann sie das letzte Mal einen freien Nachmittag mit den Mädchen aus dem Dorf verbracht hatte. Wie die wohl waren, da in Kaiserswerth? Und ob sie nicht auf sie, Anna, herabsehen würden, weil sie so wenig wusste? Sie war doch nur so kurz zur Schule gegangen. Und ein völlig neuer, aber ungemein verlockender Gedanke: eigenes Geld verdienen? Tante Sophie wollte nicht heiraten. Hm. Natürlich wollte Anna heiraten! Und selbst eine Familie haben! Nie hatte sie an etwas anderes gedacht. Sie wollte doch nicht als alte Jungfer enden oder gar hier für die Eltern schuften, bis diese starben und sie auch alt und bucklig war. Aber Paul war fort. Wie könnte sie jemals einen Mann so lieben, wie sie ihn geliebt hatte? *Niemals,* dachte sie sehnsüchtig. Es gab keinen wie ihn.

Diakonissen waren angesehene Frauen. Ihr Leben hatte einen Sinn. Und hier hatte sie ja doch nichts zu erwarten. Ein neues Leben in Kaiserswerth? Ganz tief in ihrem Herzen spürte sie bei diesem Gedanken einen kleinen Hoffnungsfunken aufglimmen.

Bei der Abendsuppe war es sehr still. Man hörte nur das Kratzen der Holzlöffel in den Schüsseln. Anna war erschöpft. Im Laufe des Nachmittags war ihr eingefallen, dass so eine Reise schrecklich viel Geld kosten würde. Eine astronomische Summe, wenn der Geldbeutel sowieso schon leer war. Sollte sie vielleicht nach Kaiserswerth laufen? Also würde wohl sowieso nichts aus der Sache werden, ganz gleich, ob sie sich dafür entschied oder nicht. Plötzlich legte Vater seinen Löffel hin und stützte die Ellbogen auf. „Ich habe nachgedacht", begann er. „Die Anna braucht eine Zukunft. Hier gibt es keine mehr. Wir sind am Ende mit unserem Hof. Wir schicken die Anna zur Sophie an den Rhein." Er stand auf und begann, mit großen Schritten auf und ab zu gehen.

„Und wer macht dann die Näharbeiten?", fauchte die Mutter, „soll ich vielleicht Tag und Nacht schuften, während Anna ihre Zeit mit fremden Kindern vertändelt? Das Geld brauchen wir. Der Hof verliert doch nur welches, das weißt du besser als ich." Ihr Mann blieb stehen. Das Licht der Lampe reichte gerade aus, um den Küchentisch zu beleuchten, sodass Anna sein Gesicht nicht sehen konnte, als er kurz und knapp seinen Entschluss verkündete: „Ich habe heute Nachmittag mit dem Ernst gesprochen. Wir verkaufen das Haus und ziehen zu ihm. Du kannst mit der Lina nähen und wir Männer machen zusammen den Hof vom Ernst. Die Kinder sind groß, sie haben Platz für uns beide in der Kammer."

Ernst war einer von Vaters Brüdern im Ort. Anna sah ihre Mutter an. Ihr Gesicht verzerrte sich, aber sie brachte keinen Ton heraus. Zum ersten Mal erlebte Anna sie sprachlos. Sie konnte sehen, wie sie ihren Kopf zermarterte und nach Einwänden suchte. Ihr Mann hatte einfach über sie entschieden und sie vor vollendete Tatsachen gestellt. „Du machst, was du willst", war alles, was sie schließlich hervorbrachte. Es klang müde. Resigniert. Vater zuckte mit den Schultern. „Dann schlag was Besseres vor."

Es blieb dabei. Nach Vaters unvermitteltem Entschluss schienen sich die Ereignisse zu überschlagen. Den kleinen Hof übernahm der Großbauer, bei dem sie sowieso schon Schulden wegen des Saatgutes hatten. Ehe Anna wirklich begriffen hatte, was geschah, saß sie an einem kalten, nebligen Septembermorgen in einer rumpelnden Postkutsche auf dem Weg nach Heidelberg. Der Auszug war endgültig, sie hatte all ihr Hab und Gut dabei. Es bestand aus einem Bündel, das sie aus ihrem Bettzeug geschnürt hatte, und einer Holzkiste vom Speicher, in der ihre restlichen Sachen verstaut waren. Wenn sie je wieder nach Vaihingen zurückkehrte – ihr Elternhaus, so klein und schäbig es auch gewesen war, gab es nicht mehr. Ihre Eltern selbst hatten nur die Kammer bei Bruder und Schwägerin für sich. Was auch kam, sie war auf sich gestellt mit ihren fast 18 Jahren. Sie wusste es.

Sie zog ihr Umschlagtuch fest um sich und hielt sich so steif, wie sie nur konnte, um nicht bei jedem Schlagloch gegen die Schulter des schweigsamen Bauern neben ihr zu prallen. Es war die erste Reise ihres Lebens und ihr war schlecht vor Angst. Was alles unterwegs passieren konnte – sie konnte ihr kostbares Geld verlieren oder sie konnte unterwegs in die falsche Postkutsche steigen. Sie würde tagelang unterwegs sein. Was, wenn sie auf der Station einschlafen und den Anschluss verpassen würde! Es gab Stunden, in denen sie sich fast in das vertraute Elend ihres Elternhauses zurücksehnte und wünschte, Tante Sophie hätte jenen Brief niemals geschrieben.

Es gab aber auch viele Stunden, in denen sie ihre Angst vergaß. Dann starrte sie wie gebannt aus dem Fenster und versuchte, die Schönheit der Landschaft, an der sie vorbeiholperte, in sich aufzunehmen. Eine sanft geschwungene Hügelkuppe, ein besonders farbiger Sonnenuntergang, Astern in Lila und Pink in einem Vorgarten. Während der langen Stunden, in denen die Pferde dahinzottelten, hatte Anna erstmals Zeit, auch über die Kinder nachzudenken, mit denen sie es zu tun haben würde. Arme Waisenkinder, die niemanden auf der Welt hatten, der sie liebte und zu dem sie gehörten. Sie schluckte. Genau wie sie im Grunde. Zumindest fühlte sie sich so. Aber sie war doch erwachsen. Sie würde es besser machen als ihre Mutter. Sie würde geduldig und liebevoll sein. Niemals würde sie ihre Stimme erheben und schon gar nicht die Hand. Und dann würden die Kleinen auch sie lieben. War das nicht auch etwas, das Erfüllung und Freude schenken konnte? Kleine Ärmchen, die sich um ihren Hals legten. Ein Kind auf dem Schoß, dem sie eine Geschichte vorlas. Was sie wohl für Bücher hatten? Nur die Bibel?

Die Reise wäre weit schneller gegangen, wenn sie ab Mannheim mit dem Dampfschiff hätte fahren können. Aber der

Fahrpreis überstieg ihre Möglichkeiten. Sie wusste nur, dass sie dort den Rhein überqueren musste. Da gab es die sogenannte Rheinschanze, um die viel gekämpft worden war, ein Brückenkopf auf der anderen Rheinseite. Ludwigshafen, so nannte man sie jetzt wohl. Anna staunte, als sie den Fluss sah. Noch nie hatte sie einen so mächtigen Strom gesehen. Er führte viel Wasser, die Strömung war stark. Hier kamen die Schiffe bestimmt gut voran.

Anna seufzte und machte sich auf die Suche nach der nächsten Post, die nach Mainz abging. Es war beileibe nicht angenehm, als junge Frau allein unterwegs zu sein. Zweideutige Bemerkungen waren noch das geringste, denn ablehnende Blicke schreckten durchaus nicht jeden ab. Sobald sie in einer anderen Reisegesellschaft eine Frau entdeckte, versuchte sie, sich in deren Nähe aufzuhalten. Während der Fahrt lag die ganze Zeit eine Hand auf ihrem Reisegeld, das sie unter ihren Kleidern trug, auch wenn sie zwischendurch einnickte.

Die letzte Etappe ging von Koblenz nach Kaiserswerth. Es war ein langer Tag. Noch vor dem Morgengrauen waren sie aufgebrochen und als sie endlich ihr Ziel erreichten, dämmerte es bereits. Alle Schläfrigkeit war jedoch von Anna abgefallen, während sie die letzten Kilometer zurücklegten. Hier würde sie also in Zukunft leben! Ihr erster Eindruck war der einer öden, flachen Landschaft mit langen Pappelreihen und Weidenbäumen, die sich über das dahinströmende Wasser neigten. Es war so weit. Sie war am Ziel. Ihr Bündel unter den Arm geklemmt, die Kiste zu ihren Füßen, stand sie ein paar

Minuten ratlos an der Poststation herum. Sie holte tief Luft und versuchte, genügend Mut zu sammeln, um irgendjemanden nach dem Weg zur Diakonissenanstalt zu fragen. Nichts hatte sie daheim darauf vorbereitet, dass in Kaiserswerth natürlich niemand Schwäbisch sprach oder verstand. Sie musste ab jetzt versuchen, so schriftdeutsch wie möglich zu sprechen.

In diesem Moment sah sie eine ganze Schar von Mädchen näher kommen. Immer zwei nebeneinander, ein geordneter Zug, an der Spitze eine Frau mit weißer Haube, in einem blau bedruckten Kleid und dunklem Umschlagtuch. Offenbar kamen sie von einem Spaziergang. Manche Mädchen hatten Blumen in den Händen, die sie wohl am Wiesenrand gepflückt hatten. Sie sangen ein Lied, das Anna nicht kannte, aber sie hörte heraus, dass es wohl ein Kirchenlied war. Es war ein friedliches Bild. Das mussten die Mädchen vom Waisenhaus sein! So schnell sie sich mit ihrem sperrigen Gepäck bewegen konnte, lief Anna auf die Gruppe zu. Die Frau blieb stehen und hinter ihr der ganze Tross. „Sie müssen die Anna Wagner sein", sagte sie fröhlich und streckte Anna die Hand hin, „ich bin Schwester Ruth."

Die Reise war lang gewesen. Anna wurde sich ihres verschwitzten und zerknitterten Äußeren bewusst, als sie das gut gebügelte Kleid und die ordentlich hochgesteckten Haare ihres Gegenübers wahrnahm. Unauffällig wischte sie ihre Hand an ihrem Rock ab, bevor sie den Gruß erwiderte. Schwester Ruth lachte – ein unbefangenes, herzliches Lachen, das warm in Annas Herz fiel.

„Wir haben Sie schon gestern erwartet, aber wie es so mit den Postkutschen ist. Willkommen in Kaiserswerth!" Schwungvoll drehte sie sich zu den Kindern um. Vierzig neugierige Augenpaare starrten die fremde junge Frau an. „Kinder, das ist die Nichte von Schwester Sophie aus der Diakonissenanstalt! Sie ist von weit her extra zu uns gekommen, um uns zu helfen. Was sagt ihr?" „Herz-lich will-kom-men, Fräulein!" Der Chor klang einstudiert.

„Wer hilft Fräulein Wagner, ihr Gepäck zu tragen?" Während sie an Schwester Ruths Seite die Straße hinunterging, atmete Anna auf. Ihre größte Sorge in den letzten Stunden war gewesen, alles hätte sich als Irrtum herausgestellt und niemand würde sie erwarten. Jetzt sehnte sie sich nur noch nach einer Waschschüssel, einem warmen Abendessen und einem sauberen Bett. Nach der Reise war sie zu müde, um von der kleinen Stadt, in der sie künftig leben würde, viel aufzunehmen. Sie bemerkte nur, dass lediglich die größere Straße, durch die sie gingen, gepflastert war, dass aus der gemauerten Abflussrinne in der Mitte ein ziemlich fauliger Geruch aufstieg und dass die kleinen Häuser alle vorn eine Treppe hatten, sodass die Haustür etwa einen Meter über der Erde lag. Zum Glück für ihre schweren Beine und für die hilfsbereiten Kinderarme, die ihr Gepäck schleppten, war es nicht weit von der Poststation bis zu ihrem Ziel.

„Anfangs haben die Kleinkinderseminaristinnen auch bei den Schwestern im Mutterhaus gewohnt", erklärte Schwester Ruth, „aber dann wurde es zu eng. Sie wohnen jetzt an der

Wallstraße.“ Anna nickte nur. Sie hätte gerne etwas Kluges erwidert, aber ihr Kopf war dumpf und schwer und ihre Zunge schien am Gaumen zu kleben. Eine Viertelstunde später stand sie in dem Schlafsaal der Seminaristinnen, ein schmaler langer Raum ganz oben unter dem Dach – im „Anbau“, wie ihre Führerin erklärte. Betten und Schränke aus dunklem Holz standen eng aneinander.

„Die anderen sind gerade alle im Haushalt beschäftigt“, erklärte Schwester Ruth, die es sichtlich eilig hatte, sich wieder ihren Schützlingen zu widmen. „In einer Stunde gibt es Abendbrot. Bis dahin können Sie auspacken, dann wird Sie jemand abholen.“ Sie lächelte ihr noch einmal aufmunternd zu, dann verließ sie den Schlafsaal und ließ Anna allein. Mit einem tiefen Seufzer der Erleichterung sank Anna auf das einzige unbenutzte Bett. Sie hatte es geschafft.

„Du hast Karls Augen.“ Sophie Wagner war eine kleine Person mit rundem, freundlichem Gesicht, die ihre Tracht mit stiller Würde trug. Man hatte Anna ins Mutterhaus hinübergeschickt, in dem Sophie ihr kleines Büro hatte. Jetzt, wo Anna ihrer Tante gegenüberstand, flackerte eine schwache Erinnerung in ihr auf – an eine mütterliche Umarmung und an den Geruch von Seife, den ihre Kleider verströmten. Sie wirkte wie ein Mensch, der sehr beschäftigt ist, aber das galt nicht nur für sie allein. Alle, die in der Diakonissenanstalt tätig waren, schienen sich in einem ständigen Geschwindmarsch zu befinden. Das Haus summte wie ein Bienenschwarm. Dabei schien jede Frau ganz genau zu wissen, was sie zu tun hatte. Niemand schrie herum. Die Schwestern bewegten sich leise wie auf Socken und sprachen in gedämpftem Ton miteinander.

Anna hatte trotz des fremden Bettes und der anderen jungen Frauen im Raum geschlafen wie ein Stein, sowie sie ihren Kopf auf das Kissen gelegt hatte. Sie trug das Kleid, das man ihr hingelegt hatte – ein einfaches Hauskleid mit einer grauen Schürze. Trotz ihrer durchgerüttelten und immer noch steifen Glieder fühlte sie sich bereit, die Ärmel hochzukrempeln. Sie empfand Enttäuschung und Erleichterung zugleich, als sie erfuhr, dass sie nicht unmittelbar in den laufenden Kurs der Kleinkinderschullehrerinnen einsteigen konnte. Pastor Theodor Fliedner und seine zweite Frau Caroline, die das Werk leiteten, legten Wert darauf, sie erst einmal kennenzulernen. Allerdings sei die Not im Waisenhaus wirklich so dringend, wie sie es im Brief beschrieben hatte, betonte Tante Sophie. Anna sollte zunächst einmal dort einspringen und mithelfen, wo man sie benötigte. Nebenher könnte sie an einzelnen Unterrichtsstunden teilnehmen, wenn die Arbeit es erlaubte.

Anna nickte und fühlte sich gleich wohler, weil Sophie mit ihr in dem vertrauten Schwäbisch sprach. Die Tante blickte ihr forschend in die Augen. „Anna, die Arbeit und dein Einsatz hier sind aber nicht das, worauf es ankommt. Wie sieht es mit deinem Herzen aus? Bist du ein Kind Gottes?" Unter ihrem klaren Blick senkte Anna den Kopf. Sie wurde rot. Was sollte sie sagen? Würde man sie postwendend gleich wieder heimschicken? Sie wagte nicht zu lügen. „Ich – ich weiß nicht", flüsterte sie schließlich und fühlte sich schrecklich dumm. Wie selbstverständlich hatten alle, ob Schwestern oder Schülerinnen, beim gemeinsamen Frühstück das angegebene Lied geschmettert. Gebet schien ebenfalls die natürlichste Sache der Welt zu sein. Schon im Schlafsaal waren nicht nur in Windeseile akkurat Betten gemacht und Schränke aufgeräumt worden, sondern jede Einzelne hatte versunken und still für sich gebetet. Decken und Kleider zu falten, konnte man sich abgucken, aber beten? Anna hatte stattdessen still auf ihrem Bett gesessen und nicht gewusst, was man von ihr erwartete.

Als Paul fort war, ja, da hatte sie auch gebetet. Ein einziges verzweifeltes Stoßgebet, weil sie nichts anderes denken konnte: „Lieber Gott, bring ihn zurück!" Aber er war nicht zurückgekommen. Lag es vielleicht an ihr, dass Gott sie nicht hörte? Wie musste man sein, damit Gott einen hörte? Oder gab es besondere Formeln, die man benutzen musste?

Tante Sophies wache Augen schienen alles zu ahnen, was Anna nicht sagte. „Der Karl", sagte sie schließlich. Ihre Stimme war weich und ein bisschen traurig. „Er scheint alles vergessen zu haben, was er mal gelernt hat. Es tut mir so weh, dass er sein eigenes Kind nicht zum Heiland geführt hat!" Anna hatte das Gefühl, ihren Vater verteidigen zu müssen. „Vater hat so viel zu tun." Tante Sophie streckte ihre Hand aus und strich ihrer Nichte über die Wange. Es war eine raue, an Arbeit gewohnte Hand, aber die Berührung war sanft. „Kind. Es gibt nichts Wichtigeres im Leben, als den Heiland zu suchen." Sie richtete sich auf und fuhr energisch fort: „Dann ist es ja gut, dass du hier bist. Ein Kind Gottes werden muss jeder für sich selbst. Ich bringe dich noch geschwind hinüber ins Waisenhaus. Sonst werden wir uns wahrscheinlich nicht so viel sehen, aber, mein Kind, ich werde für dich zum Heiland flehen, dass er dich zu sich zieht. Und deinen lieben Vater auch – und deine Mutter." Da ist Hopfen und Malz verloren, schoss es Anna durch den Kopf, aber sofort kam ihr schuldbewusst die Einsicht, wie respektlos das war. Wenn Tante Sophie mit Jesus auf so vertrautem Fuß stand, wer war sie, dass sie beurteilen konnte, was dann möglich war.

Auf dem kurzen Weg die Straße hinunter begegneten Sophie und Anna gleich mehrere Schwestern, die sie ansprachen. Ihre Tante schien eine bedeutende Person zu sein, die jedermann kannte, und an der nur wenig vorüberging. Annas Hochachtung wuchs. Schließlich kam Tante Sophie aus demselben Ort wie sie und hatte ursprünglich keine bessere Schulbildung gehabt, als sie selbst erhalten hatte. Wie war sie zu der geachteten Person geworden, die sie nun war?

Das Waisenhaus lag in derselben Straße wie auch andere Gebäude der Diakonissenanstalt, begrenzt durch die Stadtkirche in der anderen Richtung, kleine, einfache weiße Häuser wie solche, die sie schon gestern gesehen hatte, mit einer Treppe vor dem Eingang. Allerdings war es vor wenigen Jahren durch den Anbau eines schmalen hohen Flügels erweitert worden, in dem jetzt auch Anna untergebracht worden war.

„Das Werk wächst und wächst", erklärte ihr die Tante. „Pastor Fliedner ist unermüdlich unterwegs, um Gelder zu sammeln und Genehmigungen zu erhalten. Denk dir, unser größter Gönner ist der preußische König Friedrich Wilhelm IV. selbst. Ihre Majestät gewährt ihm zinslose Darlehen und hat uns dazu eine gute Summe für den Bau geschenkt. Angefangen hat alles mit dem Asyl, schau hier, dieses Haus. Vor 14 Jahren hat Theodor Fliedner mit seiner Frau Friederike hier die erste Frau aufgenommen. Die kam frisch aus dem Gefängnis. Das heißt, ganz am Anfang wohnte sie sogar in deren Gartenhaus, weil es noch keinen anderen Platz gab." „In einem Gartenhaus?" Anna konnte sich das nicht vorstellen. Sie hatte immer eine Anstalt vor Augen gehabt, einen großen, grauen Bau wie eine riesige Schule oder noch eher wie eine Kaserne. „Doch, ja. Sowie ich frei habe, machen wir beide einmal einen Rundgang. Gott hat Geschichte geschrieben in Kaiserswerth, das kann man sagen. Aber es ist Gottes Art, das zu gebrauchen, was wir haben, sei es noch so klein und bescheiden. Wir müssen es ihm nur hingeben." Für Tante Sophie schien es das Natürlichste auf der Welt zu sein, so über Gott zu reden, gerade so, als ob sie ihn persönlich kennen würde. Wer konnte schon wissen, was Gott plante und dachte? „So, da sind wir. Ich übergebe dich Schwester Ruth und dann muss ich wieder hinüber ins Mutterhaus." Wieder war Anna erleichtert. Schwester Ruth war freundlich zu ihr gewesen.

Das Haus war ruhig an diesem Morgen. „Die Kinder sind alle drüben in der Kleinkinderschule und die Größeren natürlich in der Schule“, erklärte ihr Schwester Ruth nach kurzer Begrüßung. „Aber du kannst gleich anfangen, Anna. Die Schlafräume müssen geputzt werden. Dazu haben wir später keine Zeit. Und wenn du fertig bist, kommst du in die Küche.“ Das förmliche „Sie“ von gestern war vorbei, aber Anna war froh darüber. Sie konnte sich nicht erinnern, wer sie zu Hause jemals „Fräulein Wagner“ genannt hatte. Sie war überall nur „die Anna vom Karl und von der Martha“ gewesen.

Die Schlafräume waren klein, vollgestopft mit Betten in verschiedenen Größen und kleinen Nachtschränkchen, in denen die persönlichen Sachen der Kinder verstaut waren. Schwester Ruth öffnete einen Wandschrank und reichte ihr einen großen Stapel Leintücher und Kissenbezüge. „Wenn du schon dabei bist, bezieh doch rasch die Betten. Das Wetter ist noch trocken, da kann morgen gewaschen werden.“ Anna hoffte nur, dass sie dafür nicht allein zuständig sein würde. Das war etwas anderes als die Wäsche in einem kleinen Familienhaushalt! Nun ja. Arbeiten konnte sie und zum Arbeiten war sie gekommen. Sie war nur so gespannt auf die Kinder!

Kurz vor zwölf Uhr stand sie in der Küche und rührte schwitzend in einem riesigen Topf. Keine Spätzle wie tagaus, tagein zu Hause, sondern ein Linseneintopf mit frischem Gemüse aus dem Garten. Ein Gärtner hatte ihnen eine ganze Kiste voll gebracht. „Nahrungsmittel werden immer teurer“, hatte Schwester Ruth gesagt und geseufzt, „und wir haben immer mehr Münder zu stopfen. Pastor Fliedner kauft regelmäßig Gartengrundstücke dazu, wenn er irgend kann, damit wir uns selbst versorgen können. Die Kartoffelfäule hat alles zunichtegemacht."

„Gott ist unser Versorger", kam eine Stimme von der Küchentür, „und Schwester Ruth, vergessen Sie nicht, dass unser guter König selbst die Hand über die Einrichtung hält. War Seine Majestät nicht erst in der vergangenen Woche persönlich zu Besuch? Wir können so dankbar sein." Eine Schwester trat auf Anna zu. Als diese zögerte, ihr die Hand zu geben, in der sie den langen Kochlöffel gehalten hatte, winkte sie ab. „Es ist ein Segen, dass Sie da sind, Anna, und gleich in die Arbeit springen", sagte sie freundlich. „Mein Name ist auch Anna. Schwester Anna Müller. Ich bin die Probemeisterin in Kaiserswerth, das heißt, ich kümmere mich um die Anwärterinnen, die ihre Probezeit absolvieren. Natürlich hoffen wir, dass auch Sie irgendwann dabei sind. Bis dahin sind Sie herzlich eingeladen, heute Abend am Bibelunterricht teilzunehmen." Anna nickte beklommen. Sie hoffte in diesem Moment nur, sie würden sie nicht gleich wieder wegschicken, wenn sie merkten, dass sie bei ihr wirklich ganz von vorn anfangen mussten ... Da kam Schwester Ruth in die Küche gewirbelt: „Anna! Wir können mit dem Schöpfen beginnen!"

Der Tag verging wie im Flug. Annas Kopf schwirrte von Mädchennamen, die sie blonden, braunen und schwarzen Zöpfen und Locken zuzuordnen versuchte. Irgendwann brachte sie alles durcheinander und verwechselte nur noch, was in welchem Schrank oder welcher Schublade zu finden war. Sie kam kaum hinterher. Ein paar junge Frauen waren nach der Schule gekommen, um bei der Arbeit zu helfen, mit den Kindern Schulaufgaben zu erledigen, zu basteln und zu spielen. Zwei davon erkannte Anna, weil sie mit ihr im selben Schlafsaal untergebracht waren. Das waren wohl die richtigen Kleinkinderschulseminaristinnen – sie machten in Kaiserswerth eine Ausbildung, um danach in ihrer Kirchengemeinde oder ihrem Heimatort ebenfalls selbstständig eine Kleinkinderschule zu eröffnen. Anna hatte sie unauffällig beobachtet und versucht, in der gleichen Art mit den Kindern umzugehen, wie sie es machten.

Jetzt am Abend wurde es ruhig im Haus. „Du kannst noch mit den Kleinen drüben zur Nacht beten", wies Schwester Ruth sie an. Auf dem Weg zu dem angewiesenen Zimmer zermarterte Anna sich den Kopf auf der Suche nach einem Abendgebet. Sie würde sich schrecklich blamieren! Aber sie konnte doch nicht zugeben, dass sie nicht einmal das wusste. Die kleinen Mädchen zwischen vier und sechs Jahren lagen schon brav unter ihren frisch bezogenen Decken. Anna dachte, dass sie wie kleine Engel aussahen, deren langes Haar sich auf dem Kissen ausbreitete. Die Kehle schnürte sich ihr zu, als sie daran dachte, dass alle diese unschuldigen kleinen Wesen heimat- und mutterlos waren. Eine große Zärtlichkeit stieg in ihr auf. „Wieso kommt Schwester Ruth nicht?", maulte eines der größeren Kinder, als alle gesehen hatten, wer kam. Anna schluckte ihre Enttäuschung über die ablehnenden Worte hinunter. Hitze stieg ihr ins Gesicht. Da schob sich eine kleine Hand in ihre. „Betest du heute mit uns?“ Anna setzte sich vorsichtig auf den Bettrand des kleinen Mädchens, das sie vertrauensvoll aus veilchenblauen Augen ansah. „Gut, Kinder“, sagte sie so selbstbewusst wie möglich. „Faltet die Hände und schließt die Augen. Müde bin ich, geh zur Ruh …“ Der erste Vers kam noch wie von selbst. Aber dann! „Hab ich Unrecht heut getan …“ Würden sie es merken, wenn sie einfach etwas dazu flunkerte? Aber was? Ihre Erleichterung war grenzenlos, als das Stimmchen neben ihr wie selbstverständlich fortfuhr: „Sieh es, lieber Gott, nicht an. Deine Gnad und Jesu Blut machen allen Schaden gut.“

„Die kann nicht richtig beten.“ Das Gezischel war nicht zu überhören. Die beiden Mädchen am Fenster zogen sich zwar die Decken übers Gesicht, aber Anna hörte das Kichern trotzdem. Sie gab sich alle Mühe, es zu ignorieren. Schließlich war es ihre eigene Schuld. Sie hätte daran denken können, wenigstens ein Abendgebet vorher auswendig zu lernen. Wenn Mutter eine richtige Mutter gewesen wäre, hätte sie mit ihr gebetet … Sie schluckte und versuchte, gleichmütig zu bleiben, sah nach, ob alle gut zugedeckt waren und gab jedem Kind einen Kuss auf die Stirn. Hoffentlich war wenigstens das so richtig. „Gute Nacht, Kinder!“, sagte sie rasch, die Klinke schon in der Hand. „Gute Nacht!“, ertönte es im Chor – dann fiel die Tür hinter ihr ins Schloss.

Anna entfloh. Mit sehr gemischten Gefühlen betrat sie den Raum, in dem der Bibelunterricht stattfand. Hier nahmen nicht nur die angehenden Kleinkinderschullehrerinnen teil, sondern auch die Probeschwestern für die Krankenpflege. Jede kam von ihrer Arbeit. Und alle hatten ihre Bibel mitgebracht. Anna war heilfroh, dass sie wenigstens daran gedacht hatte. Die Bibel hatte sie zur Konfirmation bekommen. Seither hatte das schöne schwarze Buch ungelesen auf dem Regalbrett neben ihrem Bett gestanden. Sie fand einen leeren Stuhl in der letzten Reihe und wartete gespannt.

Pastor Theodor Fliedner persönlich würde den Unterricht heute Abend halten, was nicht selbstverständlich war, weil er so oft auf Reisen war, unermüdlich damit beschäftigt, Spenden in den verschiedensten Orten zu sammeln oder einflussreiche Gönner für das Werk aufzusuchen. Zu anderen Zeiten war er unterwegs, um neue Arbeitsbereiche zu eröffnen. So würde er im Oktober das Zentraldiakonissenhaus Bethanien in Berlin einweihen. Meist übernahm in diesen Fällen sein Kandidat, ein Pfarramtsanwärter, den Unterricht. Als sich nun die Tür öffnete, war Anna zuerst enttäuscht von dem Anblick, der sich ihr bot. Sie hatte sich den Gründer einer so bedeutenden Anstalt als breitschultrigen, weißhaarigen Hünen mit flammenden Augen und markanten Gesichtszügen vorgestellt. Der Mann, der vorn an das Pult trat, war nicht mehr als mittelgroß, schlank und hatte blondes, schon etwas schütteres Haar, das allmählich grau wurde und glatt zur Seite gekämmt war. Seine blauen Augen blickten durchdringend, aber freundlich auf die jungen Frauen vor ihm. Eine frühere Pockenerkrankung hatte sein Gesicht vernarbt.

„Lassen Sie uns im Matthäusevangelium weiterlesen, Kapitel 18", begann er nach kurzem Eingangsgebet. Seine Stimme war ruhig. Sofort begannen alle, eifrig zu blättern. Anna tat es ihnen nach, um etwas zu tun, aber als die anderen die Stelle anscheinend ohne Mühe gefunden hatten, ließ sie ihre Bibel einfach so aufgeschlagen, wie sie war – bei irgendetwas mit Habakuk – und hielt sie so, dass ihre Nachbarin nicht hineinschauen konnte. Dabei hoffte sie inständig, nicht zum lauten Vorlesen aufgerufen zu werden. Sie hatte Glück. In dem Text stellte Jesus seinen Jüngern ein Kind als Vorbild hin: „Wenn ihr nicht umkehrt und werdet wie die Kinder, so werdet ihr nicht ins Himmelreich kommen" (Matthäus 18,3). Anna wurde unruhig. War das nicht das, wovon Tante Sophie gesprochen hatte? Ein Kind Gottes werden? Umkehren? Aber wie? Sie spürte wieder, wie die kleine Hand sich in die ihre schob und wie das Mädchen ganz selbstverständlich das Gebet vollendet hatte, das ihr entfallen war. Wie sollte man ein solches Kind werden?

Der Text ging weiter: „Und wer ein solches Kind aufnimmt in meinem Namen, der nimmt mich auf" (Matthäus 18,5). Hm. Das war vielleicht einer der Gründe, weshalb Theodor Fliedner das Waisenhaus gegründet hatte. Ein Kind aufnehmen, das hieß Jesus „aufnehmen"? Wirklich? Aber waren denn diese Kinder wirklich so engelhaft, so jesusgleich? Heute Mittag waren sie ihr eigentlich ziemlich gewöhnlich vorgekommen. Manche hatten sich sogar gezankt. Wieder andere mussten dreimal ermahnt werden, bis sie beim Aufräumen mithalfen. Als ob Theodor Fliedner ihre Gedanken erraten hätte, las er in diesem Moment weiter: „Seht zu, dass ihr nicht einen von diesen Kleinen verachtet. Denn ich sage euch: Ihre Engel im Himmel sehen allezeit das Angesicht meines Vaters im Himmel" (Matthäus 18,10). Der Pastor strahlte die Schülerinnen vor ihm an: „Kinderpflege ist Engelgeschäft, das prägt euch ein!"

Anna wurde es warm ums Herz. Das war ein Satz, den sie sich auf jeden Fall merken wollte. Wie wunderbar, dass sie dabei mithelfen durfte! Fliedner fuhr fort: „Bedingung ist, dass ihr euer ganzes Herz eurem köstlichen Beruf der Erziehung und des Unterrichts hingebt, dass ihr aus dankbarer Liebe zum Heiland dafür, dass er euch zu sich gezogen hat aus lauter Güte, nun auch wieder die Kinder zu ihm zu ziehen sucht." Anna starrte vor sich hin. Dieser Satz hatte sie wieder entmutigt. Dann war sie wohl nicht geeignet zu dem „Engelgeschäft". Sie gehörte doch gar nicht zu denen, die Jesus zu sich gezogen hatte. Sicher würden Schwester Ruth und die anderen das auch bald merken, wenn Tante Sophie es ihnen ohnehin nicht bereits erzählt hatte. Diese ernüchternden Gedanken beschäftigten sie so sehr, dass sie den letzten Absatz fast nicht richtig mitbekommen hätte. Es ging um ein Schaf, das sich verirrt hatte, und um den Hirten, der die 99 anderen zurücklässt, um das eine zu suchen. Und wie sehr er sich freute, wenn er es gefunden hatte. Damit waren doch wohl die Kinder gemeint. Sie, Anna, hatte den Moment in ihrem Leben verpasst. Sie war kein Kind, das Jesus heimholen würde. Damit musste sie leben. Sie würde im Waisenhaus arbeiten, putzen und kochen und tun, was man ihr sagte. Wie eine Magd. Mehr war für sie bestimmt nicht drin. Doch sie würde nach Kräften dafür sorgen, dass es niemand merkte – damit sie weiter hierbleiben durfte.

Paul ließ die schlammverkrusteten Stiefel vor der Baracke stehen, in der die Arbeiter der Eisenbahngesellschaft untergebracht waren. Ein weiterer langer Arbeitstag war vorüber. Jeder seiner Muskeln schmerzte. Er hatte gedacht, durch die harte Feldarbeit von Kindesbeinen an auf das vorbereitet zu sein, was ihn auf der Baustelle erwartete. Aber welche Erlösung war es, wenn die Feierabendglocke endlich das Ende der Plackerei mit Spitzhacke und Schaufel einläutete! Von der Feuerstelle her konnte er schon den Duft von gebratenem Speck riechen. Sein Magen knurrte. Er stieß die Tür auf und zog sofort den Kopf ein, um in dem niedrigen Raum nicht gegen die Balken zu prallen. Das war ihm in den ersten Tagen oft genug passiert.

„Hello, Greenhorn!", dröhnte es aus der unteren Koje des einen Stockbettes am Fenster. Michael aus dem kleinen Dörfchen Kniebis im Schwarzwald war ihm in diesen harten Anfangswochen ein guter Freund geworden. Er war schon seit drei Jahren in Amerika, ließ sich am liebsten nur noch „Mike" nennen und hatte Paul, das „Greenhorn“, unter seine Fittiche genommen – in rauer, aber herzlicher Weise, fast wie der große Bruder, den er sich immer gewünscht hatte. Paul ließ sich auf sein Bett fallen, das unter seinem Gewicht ächzte, und schaute zu Mike hinüber. Sein Kollege lag entspannt auf dem Rücken und hielt einen Brief in den Händen. Das ungewohnte Strahlen auf seinen wettergegerbten Zügen ließ Paul schmunzeln. Jetzt ließ Mike das Blatt sinken. „Hey, Paul“, begann er wieder, „was ist eigentlich mit dir? Hast du keinem Mädchen das Herz gebrochen, als du so Hals über Kopf davongezogen bist?“ Paul schloss die Augen. Er sah Anna vor sich, wie er sie zuletzt gesehen hatte. Wie sie sich an der Tischplatte festhielt und ihren Blick voll Verzweiflung, Angst und Schmerz auf ihn richtete. Und wie er sich vor Jahren in sie verliebt hatte: sein Mädchen, doch immer schon seine Anna, mit der er alle seine kühnen Träume geteilt hatte. Sein Appetit war verflogen. Sein Herz raste. Wie hatte er damals so selbstsüchtig sein können, sie im Stich zu lassen! Er hatte einfach nur an sich gedacht. Fort, nur fort. Er wusste doch, wie ihre Situation zu Hause war. Er hätte sie beschützen sollen. Sie hatte ihm vertraut. „Doch, das habe ich“, murmelte er. Mikes Neugier war sofort geweckt. Er schwang die langen Beine aus seinem Bett und verstaute den kostbaren Brief behutsam in der Kiste, die danebenstand. Das Bett krachte, als er sich neben Paul setzte und ihm den Arm um die Schulter legte. Es fühlte sich an wie die Umarmung eines Bären, aber ermutigende Herzlichkeit und Teilnahme lagen darin. „Los, raus mit der Sprache, mein Freund.

Bis Ella das Essen fertig hat, dauert es noch. Bis dahin kannst du dein Herz erleichtern. Better late than never!“

Ein paar Wochen waren vergangen. Manchmal kam es Anna so vor, als sei sie schon eine Ewigkeit in Kaiserswerth. Sie arbeitete fleißig im Waisenhaus, im Garten, bei der Wäsche und wo immer ihre Hilfe benötigt wurde. Dabei wuchsen ihr die Kinder immer mehr ans Herz. Es machte ihr Freude, mit ihnen zu spielen und am Kittelbach oder am Rhein mit den anderen Erzieherinnen spazieren zu gehen. Wenn sie so ganz vertieft war, verlor sie auch ihre Schüchternheit, lachte und redete ganz unbefangen mit ihnen. Richtig stolz machte es sie, als Schwester Ruth ihre Handarbeit lobte und sie ermutigte, den älteren Mädchen kleine Näharbeiten beizubringen. Wenn ihre Mutter nur wüsste! So machte Nähen wirklich Spaß. Handarbeit war zudem etwas, das in Kaiserswerth einen hohen Stellenwert besaß. Auch die Schwestern waren angehalten, sich in ihrer Freizeit mit Stricken oder Nähen zu beschäftigen und ihre eigenen Strümpfe und Mützen herzustellen.

Es störte sie nicht, dass in der gesamten Anstalt alles sehr einfach gehalten war, sie hatte nie etwas anderes kennengelernt. Im Gegenteil, sie fand die Einrichtung und auch das Essen wunderbar. Sie vermisste weder fließendes Wasser noch

Gasbeleuchtung auf den Straßen, wie es beides bereits in den großen Städten gab. Dagegen gefiel ihr, dass niemand sich über immer wiederkehrende Gerichte beklagte, sondern schlicht froh über einen gefüllten Teller war. Inzwischen hatte sie auch Caroline Fliedner kennengelernt, Theodor Fliedners zweite Frau, die die Vorsteherin und Vorgesetzte aller Schwestern war.

Ein besonderer Genuss für Anna war die Feier des jährlichen Erntedankfestes wenige Wochen nach ihrer Ankunft. Alle, die sich in irgendeiner Form an der Ernte beteiligt hatten, waren zu einem großen Ernteessen im Mutterhaus eingeladen: der Gutsverwalter mit Knechten und Tagelöhnern, die Mägde und Schwestern, die in der Küche arbeiteten, der Gärtner. Anna war stolz darauf, mitgeholfen zu haben bei diesem „Wir" – teilzuhaben an der Gemeinschaft. Sie konnte den Segen Gottes erkennen, der so viele Menschen – die Kranken, die Frauen aus dem Asyl, die Alten, die Kinder und die ganze Haus- und Schwesterngemeinschaft – täglich sättigte. Von Herzen stimmte Anna in die Danklieder mit ein. Sie merkte, dass sie allmählich immer mehr verstand. Es gab einem ein ganz anderes Gefühl, wenn man bei einem Lied kräftig und unbefangen mitsingen konnte, anstatt wie anfangs nur stumm die Lippen zu bewegen. Und wenn man die angesagte Bibelstelle auch tatsächlich fand – auch wenn sie immer noch die Letzte war, die aufgeschlagen hatte. Wenn man aufmerksam war, konnte man sich auch die wiederkehrenden Redewendungen in den Tisch- und Abendgebeten zu eigen machen und sie abends zum Gutenachtsagen gebrauchen.

Anna wusste nicht, ob Gott sie annehmen würde, aber sie hoffte, dass es wenigstens hier auf der Erde niemand merkte, dass sie nur so tat, als ob. Im Moment war ihr Leben hier und jetzt für sie genug. Tief in ihrem Inneren bezweifelte sie stark, ob Gott ihre, Annas, Gebete hörte, wo sie doch gar nicht sein Kind war. Wahrscheinlich tat er es nicht. Alle waren freundlich zu ihr, wenigstens meistens. Sie war sich ziemlich sicher, dass manche der Seminaristinnen sich über ihre Aussprache und die „komischen" Wörter, die sie bis dahin für völlig normal gehalten hatte, lustig machten. Sie selbst war der Meinung, dass sie wirklich schon sehr gut Hochdeutsch redete. Sie erwartete nicht mehr, daher störte es sie nicht, dass niemand ihre Freundschaft suchte. Man ließ sie in Ruhe, das war schon genug. Auch einige der Kinder kicherten hinter ihrem Rücken oder machten sie nach, wenn sie dachten, sie würde es nicht hören. Anna war dann jedes Mal versucht, sie anzuschreien, aber sie riss sich zusammen. Besser, sie tat so, als merke sie es nicht. Sie war in jedem Fall geduldet. Manchmal war sie auch dabei, wenn die jungen Frauen in ihrer knapp bemessenen Freizeit etwas zusammen unternahmen. Dann versuchte sie, möglichst keine dummen Fragen zu stellen. Stattdessen saugte sie wie ein Schwamm alles Neue auf und hielt nach Möglichkeit den Mund. Nach Hause schrieb sie so gut wie nie, nur, wenn ihr Tante Sophie über den Weg lief und fragte, wie es denn den lieben Eltern ginge. *Liebe Eltern.* Eigentlich wollte sie das Kapitel „Zuhause" einfach nur hinter sich lassen.

Inzwischen war es November geworden. Es regnete und regnete. Der Rhein schwoll an. Schwester Ruth wies Anna an, die eingelagerten kostbaren Lebensmittel aus dem untersten Keller in andere Vorratsräume zu bringen. Die Kaiserswerther kannten und fürchteten das Hochwasser. Der Kittelbach, der unter der Klemensbrücke und am nördlichen Stadtwall entlang zum Rhein floss, und natürlich der große Fluss selbst konnten jederzeit über die Ufer treten und das flache Land ungehindert überfluten. Hier lag auch der Grund für die höher gelegenen Hauseingänge. Man hatte aus der Erfahrung gelernt. Einstweilen waren nur die ungepflasterten Straßen aufgeweicht. Sowie man einen Schritt vor die Tür setzte, trat man von einer Pfütze in die nächste. Die Kinder waren gezwungen, im Haus zu bleiben und waren dementsprechend unausgelastet. Streitigkeiten flammten schneller auf als gewöhnlich. Anna und die Seminaristinnen versuchten, mit Spielen, Basteln und kleinen Hausarbeiten gegen die Langeweile anzugehen.

„Mein lieber Brandt, Sie machen Ihren Dienst wirklich großartig!" Theodor Fliedner war zu einem Besuch in Duisburg eingetroffen. Der stattliche Mann im dunklen Rock, der am Fenster gestanden hatte, streckte ihm die Hand hin. „Ich bin wirklich froh, dass Sie die Leitung unserer neuen Anstalt übernommen haben. Die Not erfordert nicht nur den Dienst der unverheirateten Frauen, die sich der Kranken und der Kinder annehmen, sondern wir brauchen ebenso ledige Männer als Diakone. Wenn unser Werk wachsen soll, benötigen wir gut ausgebildete Heimleiter und Krankenpfleger."

Wilhelm Brandt konnte dem nur zustimmen. Als er vor vier Jahren als Inspektor in die neu gegründete Pastorengehilfenanstalt von Hamburg an den Rhein nach Duisburg gekommen war, war er sich nicht sicher gewesen, wie sich die Zusammenarbeit mit Theodor Fliedner gestalten würde. Jahrelang war er stark von Johann Hinrich Wichern geprägt worden. Die beiden Pioniere der Diakonie und Inneren Mission waren sich eins in ihrem Anliegen, doch in ihrer Persönlichkeit und in ihrem Leitungsstil unterschieden sie sich stark voneinander. Inzwischen hatte er Theodor Fliedner näher kennengelernt: Dieser war zwar ein durchaus autoritärer und sehr strukturiert denkender und arbeitender Vorgesetzter – aber auch stets aufgeschlossen gegenüber kreativen Ideen und Impulsen, die seine Mitarbeiter einbrachten. Fliedner war klar und fest in seinen Überzeugungen, doch sehr beweglich in der Art, wie das angestrebte Ziel zu erreichen war.

Wie es seine Art war, kam Theodor Fliedner ohne Übergang auf das Anliegen zu sprechen, das ihn an diesem Herbstmorgen in die Nachbarstadt Duisburg geführt hatte. „Sie haben doch von den Adventsandachten im Rauhen Haus diesen Adventskranz mitgebracht", begann er, während er den angebotenen Stuhl mit einer Handbewegung ablehnte und dann mit schnellen Schritten im Raum auf- und abging. „Sieben rote Kerzen für die Wochentage und vier große weiße für die Sonntage, wenn ich mich recht erinnere, die auf einem Wagenrad befestigt wurden." Brandt nickte und wartete. 1839, vor neun Jahren also, hatte Johann Hinrich Wichern seinen Waisenkindern die Adventszeit im Kirchenjahr näherbringen wollen. Dafür führte er im Betsaal des Rauhen Hauses in Hamburg-Horn abendliche Andachten ein, bei denen jeweils eine Kerze mehr angezündet wurde. Der Brauch wurde schnell zur geliebten Tradition im Waisenhaus, sodass es für Brandt selbstverständlich war, ihn mit in seine neue Stelle an den Rhein zu holen. Hier in der Pastorengehilfenanstalt konnten sich unverheiratete evangelische Männer zwischen 18 und 40 Jahren zu Hilfsdiakonen und Heimleitern ausbilden lassen sowie auch in der Krankenpflege und der sozialen Arbeit. Voraussetzung war ein lebendiger Glaube. Als Diakone sollten sie die Arbeit der Frauen in der Diakonissenanstalt in Kaiserswerth ergänzen.

„Letztes Jahr haben wir ja erstmalig hier im Rettungshaus bei den verwaisten Jungen den Adventsbaum eingeführt statt des Hamburger Kranzes", fuhr Theodor Fliedner fort. Er blieb abrupt stehen. „Was haben Sie für Erfahrungen damit gemacht, Brandt? Das würde mich sehr interessieren. Ich würde diese neue Tradition nämlich gerne für unsere Waisen in Kaiserswerth übernehmen." Der Inspektor deutete noch einmal einladend auf die beiden Stühle. Diesmal lehnte Fliedner nicht ab. Als beide saßen, beugte sich der Leiter erwartungsvoll vor: „Erzählen Sie, Brandt."

Es war wenige Tage später, an einem kalten stürmischen Abend. Pastor Fliedner hatte die Seminaristinnen, die Lehrerinnen und die Kleinkinderschullehrerinnen zu einem besonderen Treffen zusammengerufen. Anna saß wie immer an ihrem Platz ganz hinten in der Ecke, wo sie sich am sichersten fühlte.

„Die unter Ihnen schon länger dabei sind, wissen, dass wir auch unsere Kinder schon gern in den Ablauf des Kirchenjahres mit hineinnehmen wollen, damit sie vor allem die Bedeutung der Festzeiten wirklich verstehen", begann der Leiter nach kurzer Begrüßung. „Aus unserer neu gegründeten Pastorengehilfenanstalt in Duisburg habe ich Ihnen daher etwas Besonderes mitgebracht, das wir in diesem Advent auch hier in Kaiserswerth einführen wollen. Manche von Ihnen haben vielleicht schon von dem Adventskranz gehört? Johann Hinrich Wichern hat ihn für seine Waisenkinder im Rauhen Haus in Hamburg erdacht: Jeden Tag in der Adventszeit wird eine Kerze mehr angezündet, bis es schließlich Weihnachten wird." Einige der Schwestern um Anna herum nickten zustimmend. Anna erinnerte sich unwillkürlich an die Zeit vor Weihnachten zu Hause. Sie hatten versucht, wenigstens einmal ein paar

Plätzchen zu backen und Zucker und Fett dafür gespart. Das hatte diese Zeit ein bisschen zu etwas Besonderem gemacht. Sonst gab es natürlich das Christfest mit einem Bäumchen aus dem Wald und der Christvesper in der Kirche. Ihre erwachsenen Geschwister kamen zu Besuch. Natürlich war das schön und auch sogar gemütlich gewesen …

„Es wird dieses Jahr in unserem Waisenhaus einen Adventsbaum geben", verkündete Theodor Fliedner. Jetzt kam er in Fahrt, ganz der Pastor und der Pädagoge: „Am ersten Adventssonntag werden wir einen Baum ohne Schmuck und ohne Lichter aufstellen – und dann werden wir auch alle Lichter im Raum löschen. So können die Kinder erfahren und nachspüren, wie dunkel und trostlos ein Leben ohne Gott ist. Vorher aber sollen Sie, liebe Mitarbeiterinnen, mit den Kindern etwas auswendig lernen: die erste Verheißung in der Bibel, die auf Jesus Christus hinweist, 1. Mose 3,15." Er zitierte: „Und ich will Feindschaft setzen zwischen dir und der Frau und zwischen deinem Nachkommen und ihrem Nachkommen; der soll dir den Kopf zertreten, und du wirst ihn in die Ferse stechen."

Nun strahlte er. Ganz offensichtlich hatte er nicht den geringsten Zweifel daran, dass alle im Raum wussten, was mit diesen Worten gemeint war. Anna sah wieder viele Köpfe eifrig nicken. Sie beschloss, in aller Stille den Vers im Zusammenhang in ihrer Bibel nachzulesen. Dass das erste Buch Mose ganz vorn in der Bibel war, wusste sie mittlerweile.

„Das Kind, das den Vers aufsagt, darf anschließend nach vorn zum Baum kommen, eine Kerze anzünden und den geschriebenen Vers darunter hängen. Am folgenden Tag werden die Kinder eine weitere Verheißung auswendig lernen und aufschreiben, und es wird eine zweite Kerze dazu angezündet. Auf diese Weise wird es jeden Tag bis Weihnachten ein kleines bisschen heller werden im Raum, und wir werden Stück für Stück durch alle Verheißungen hindurchgehen bis zur Erfüllung am Weihnachtsabend. Dann ersetzen wir unseren Adventsbaum durch den Christbaum mit seiner Pracht, mit Süßigkeiten und Geschenken. Jesus ist geboren."

Als ein allgemeines Gemurmel einsetzte, hob Theodor Fliedner die Hand: „Manchen Kindern fällt es vielleicht leicht, die Bibelverse auswendig zu lernen. Andere werden sich schwerer damit tun. Ihre Aufgabe ist es, alle Kinder zum Lernen anzuregen und ihnen vor allem die Verse lieb und verständlich zu machen. Wahrscheinlich werden Sie alle dabei eine Menge für sich selbst lernen. Erst wenn man eine geistliche Wahrheit so erklären kann, dass sie ein Kind versteht, hat man sie selbst auch wirklich verstanden." Das hörte sich nach einer sehr herausfordernden Aufgabe an, dachte Anna bei sich. Auf der anderen Seite ergab es einen Sinn. Schön klingende Verse auswendig zu lernen, war vielleicht erhebend, aber es nährte das Herz nicht, wenn der Inhalt dunkel blieb. Im nächsten Moment war sie entmutigt. Wenn der Pastor schon davon sprach, dass jede von ihnen eine Menge lernen werde – wo die anderen doch schon so unglaublich viel wussten, zumindest im Vergleich zu ihr selbst – wie sollte sie das dann schaffen?

Anna hoffte inständig, sie werde ihre Adventsvorbereitungen auf die Küche beschränken und die rätselhaften Verheißungen den klugen Seminaristinnen überlassen können. Doch diese eher armselige Hoffnung wurde jäh zerschlagen. Am nächsten Morgen kam Schwester Ruth noch vor dem Frühstück strahlend auf sie zu. „Anna, meine Liebe", sagte sie fröhlich, „das wird ja wirklich diesmal eine ganz besondere Adventszeit mit unseren Kindern! Und du wirst die Verse mit den Jüngsten zusammen lernen. Ich wünsche dir viel Freude damit!" Damit verschwand sie in ihrem Büro und ließ eine verzagte Anna zurück.

Pastor Fliedner hatte eine Liste der zu lernenden Verheißungen erstellt. Anna schrieb sie sich sorgfältig ab. Abends im Bett nahm sie ihre Bibel zur Hand, um den ersten angegebenen Vers im Zusammenhang zu studieren. Sie begann ganz am Anfang der Bibel und las, wie Gott die Welt aus dem Nichts geschaffen hatte, einfach durch sein Wort. Fliedner, der den Aufbau der Kleinkinderschulen sehr ernst nahm, hatte selbst Material zusammengestellt und herausgegeben, um den Unterricht möglichst kindgerecht zu gestalten. Darunter war auch eine Schulbilderbibel, die Anna sich hatte anschauen dürfen. Die schönen Bilder, in denen die Schöpfungsgeschichte dargestellt wurde, traten ihr jetzt beim Lesen der Geschichte wieder vor Augen. Dabei war auch ein Bild von dem wunderschönen Garten, den Adam und Eva nach Gottes Bestimmung bebauen und bewahren sollten, und von dem Baum der Erkenntnis des Guten und des Bösen, von dem allein sie nicht essen sollten.

Anna las von der Verführung durch die Schlange, die in Eva Zweifel an Gottes unendlicher Güte säte, und von Evas und dann auch Adams Ungehorsam gegen Gottes ausdrückliches Verbot.

Konnte sie selbst denn Gott vertrauen, dass er es uneingeschränkt gut mit ihrem Leben meinte? Wenn sie ehrlich war, haderte sie doch immer wieder mit dem, was Gott ihr gegeben hatte. Dem Schöpfer des Himmels und der Erde wäre es doch ein Leichtes gewesen, ihr andere Eltern zu geben und später den Mann, den sie liebte. Ja, sie hatte in Kaiserswerth ein Dach über dem Kopf, eine Arbeit, die gut und sinnvoll war, sie lernte viel. Aber war das alles? Sie vertiefte sich wieder in den Bibeltext. Gott rief Adam, als der sich vor ihm versteckte. Warum rief er ihn? Um ihn nach Strich und Faden zusammenzustauchen? Wenn Gott wirklich Gott war, wusste er doch sowieso genau, was geschehen war, und auch, was in Adams Gedanken war. Rief er Adam vielleicht aus einem anderen Grund? Weil er ihn nicht einfach laufen lassen wollte? Und was antworteten Adam und Eva? Sie schoben jeweils die Schuld von sich weg, fast wie Kinder, die man bei etwas Verbotenem ertappt hatte. Aber Gott wusste doch, dass sie beide schuldig waren. Sie wurden bestraft.

Unter der Mühsal auf dem Acker konnte sich Anna leicht etwas vorstellen. War die Kartoffelfäule auch ein Fluch? Oder ein Teil davon? Weil Adam gesündigt hatte, mussten jetzt alle leiden? War das denn aber gerecht? Die Frage nagte an ihr, aber darüber weiter nachzusinnen, war ihr im Moment zu schwer. Vielleicht konnte sie sich einmal überwinden und mit jemandem über ihre Gedanken reden. Sie mussten ja alle diesen Text lesen. Aber vorher war da ja noch eben dieser Vers, um den es eigentlich am ersten Adventssonntag gehen sollte: „Und ich will Feindschaft setzen zwischen dir und der Frau und zwischen deinem Nachkommen und ihrem Nachkommen; der soll dir den Kopf zertreten und du sollst ihn in die Ferse stechen."

Anna wusste inzwischen, dass mit der Schlange der Teufel gemeint und der Satan der „altböse Feind" war, wie es im Lied hieß. Die Verheißungen, die die Kinder lernen sollten, zielten alle auf die Geburt des Erlösers zu Weihnachten ab. Hier ging es aber um den Tod Jesu, Karfreitag am Kreuz von Golgatha. Klar, wenn eine Schlange einen Menschen in die Ferse sticht, stirbt er. Aber hier stand, dass Jesus den Kopf der Schlange zertritt. Das bedeutete doch, dass der Satan vernichtet worden war. Aber warum gab es dann in der Welt immer noch so viel Ungerechtigkeit und Böses? Hatte das, was Jesus getan hatte, gar keine Auswirkungen auf das, was jetzt auf der Erde geschah? Es schien doch so, als sei die Macht des Teufels weiter nahezu ungebrochen! Es gab gewaltsame Ausschreitungen – selbst hier in der behüteten Abgeschiedenheit von Kaiserswerth hatte sie davon gehört, dass die Not die Menschen in den großen Städten auf die Straßen trieb, wo sie revoltierten. Die Demonstranten waren brutal niedergeknüppelt worden.

Und man musste gar nicht so weit gehen: Selbst in diesem frommen Waisenhaus stritten sich die Kinder, ja, und es gab

Kinder, die hier von ihren eigenen Eltern abgegeben worden waren … Ein Gedanke blitzte ihr durch den Kopf, messerscharf und schmerzhaft hell: Und du, Anna? Bist du vielleicht gut? *Ich kann doch nichts dafür,* argumentierte sie in Gedanken trotzig. *Meine Kindheit und Jugend waren nicht schön, wir waren immer arm, ich habe die Liebe meines Lebens verloren …* Und konnte denn Jesus etwas dafür, was die Schlange, Adam und Eva getan hatten? *Natürlich nicht,* entgegnete sie in Gedanken ärgerlich. *Das ist doch etwas ganz anderes. Jesus ist halt Jesus. Er trägt die Schuld und vergibt. Er ist ja Gott. Es ist seine Aufgabe, zu vergeben und gut zu sein.*

Die bohrende Frage nach ihrem eigenen Gutsein war ihr an diesem Abend zu viel. Energisch schlug sie die Bibel zu und verstaute sie wieder in ihrer Nachttischschublade. Dann zog sie die Decke bis ans Kinn und beschloss zu schlafen.

Bohnen und Speck waren schon lange verzehrt. Das Lagerfeuer war fast heruntergebrannt. An gewöhnlichen Abenden hätte Paul längst seine Koje aufgesucht und seine müden Knochen zur Ruhe gebettet, um Kraft für den nächsten Tag zu haben. Es wurde kalt. Der Atem stand ihnen in einer weißen Wolke vor dem Mund. Aber Paul war dankbar, dass Mike ihn zum Reden gebracht hatte. Nie hätte er geglaubt, dass dieser Hüne mit seinen Armen wie Dreschflegel, der bei der Arbeit so fürchterlich fluchen konnte, ihm derart geduldig und teilnahmsvoll zuhören würde. Noch vor dem Essen hatte er Mike alles erzählt. Jetzt saßen sie eine Weile schweigend beisammen, bis Paul den Faden wieder aufnahm. „Es ist zu spät", sagte er, „ich kann nicht mehr zurück, selbst wenn ich wollte. Meine Staatsangehörigkeit habe ich aufgegeben. Und vor meinem Militärdienst bin ich abgehauen." Mike klopfte ihm freundschaftlich auf den Oberschenkel. „Du willst doch auch nicht zurück, Mann. Hier ist das Land der Freiheit und der Gleichheit. Einer ist hier so viel wert wie der andere. Du brauchst nicht vor irgendeinem feinen Herrn deinen Hut zu ziehen, nur weil er zufällig in einem vornehmen Haus geboren wurde. Deine Anna kommt hierher, so geht es! Wenn du erst dein Stück Land hast …" „Denkst du, sie wird mir verzeihen?" Der andere erhob sich von dem Baumstamm, auf dem sie gesessen hatten, und streckte sich, dass seine Gelenke knackten. „Wenn du ihr nicht schreibst, wirst du es nie herausfinden. Nothing ventured, nothing gained. Wer nicht wagt, der nicht gewinnt! Nur Mut, mein Freund."

„Kinder, wir basteln heute Sterne!" Es war der Samstag vor dem ersten Advent. Nicht nur Anna hatte sich den Kopf zerbrochen, wie sie den Kindern die vielen Bibelverse schmackhaft machen konnte. Zusammen mit den anderen Schwestern und Seminaristinnen, die im Waisenhaus arbeiteten, hatten sie sich überlegt, für den Adventsbaum Sterne aus Pappe zu basteln und den jeweiligen Vers mit Schönschrift darauf zu schreiben. Basteln und Advent, das gehörte doch zusammen, und draußen vor den Fenstern strömte unaufhörlich ein grauer Regen. Das machte es noch gemütlicher, zusammen im Warmen am Tisch zu sitzen und auszuschneiden. Anna zeichnete Sterne auf und half den Kleineren mit der Schere. Die kleinen Hände kämpften mit der dicken Pappe. „Schön auf der Linie", mahnte sie. Am Ende waren die meisten Sterne, die in ihrer Gruppe gebastelt worden waren, doch ziemlich schief und krumm geraten. Bei manchen fehlte gar eine Zacke. „Wir malen sie an", schlug die resolute Elsa vor, während sie mit schiefgelegtem Kopf und gerunzelter Stirn ihr Werk betrachtete. Davon waren alle begeistert. Anna hoffte insgeheim, dass auch bekritzelte und etwas verunglückte Sterne Gnade vor Pastor Fliedners Augen finden würden. Immerhin hatte er ja betont, die Feier solle für die Kinder keine Last, sondern Lust sein. Und wenigstens waren alle mit Eifer dabei.

„Wisst ihr noch, wie der Vers ging?", fragte sie jetzt. Jeden Abend hatte sie ihn mit den Kindern geübt und war auch ein bisschen stolz darauf gewesen, ihnen die ganze Geschichte dazu erzählen zu können. Sie wiederholten ihn noch ein paar Mal im Chor, bevor es ans Schreiben ging. Für die Kinder, die noch zu klein waren, übernahm das Anna in ihrer schönsten Schrift.

Der erste Advent war ein ebenso grauer Tag wie die Tage davor. Schnee schien hier im Rheinland eine Seltenheit zu sein. In Annas Vorstellungen gehörten Weihnachten und Schnee zusammen. Als die Kinder des Waisenhauses in einem langen Zug durch die Flure in die große Stube einmarschierten, war es schon dunkel geworden. „Ein Christbaum!" – „Aber der ist ja ganz kahl!" – „Ist denn heute schon Heiligabend?" Die Kinder flüsterten durcheinander, während die Mitarbeiterinnen sie zu ihren Plätzen führten. Anna saß mit ihren kleinen Mädchen in der ersten Reihe. Pastor Fliedner stand bereits vorn am Baum. Nach einem kurzen Eingangsgebet stimmte eine Seminaristin am Klavier ein Adventslied von Paul Gerhardt an: *Wie soll ich dich empfangen*. Der helle Chor der Kinderstimmen berührte Annas Herz. Jedes Mal, obwohl sie sie nun schon oft hatte singen hören – und obwohl sie nur zu gut wusste, dass sie durchaus auch andere Seiten hatten –, musste sie unwillkürlich an singende Engel denken. Die Sehnsucht des Dichters in den Versen sprach ihr aus der Seele: „Wie soll ich dich empfangen und wie begegnen dir, o aller Welt Verlangen, o meiner Seelen Zier? O Jesu, Jesu, setze mir selbst die Fackel bei, damit, was dich ergötze, mir kund und wissend sei!"

Was konnte sie tun, damit sie Jesus begegnen durfte? Wie „empfing" man Jesus? Singen war etwas, was sie erst hier kennen- und mittlerweile auch lieben gelernt hatte. In ihrem Elternhaus hatte niemand gesungen, nur in der Schule. Sie fand allerdings, dass ihre eigene Stimme kaum zum Singen taugte, und hielt sich so gedämpft wie möglich, während die

Seminaristinnen und die Schwestern stets aus voller Kehle in den höchsten Tönen schmetterten.

Als alle wieder saßen, trat Pastor Fliedner vor die Kinder. „Wer kann mir sagen, wie wir diese Zeit im Jahr jetzt nennen?“ Gleich mehrere Mädchen sprangen auf: „Advent!“ Er nickte, hakte aber gleich nach: „Und was bedeutet das Wort?“ Jetzt waren es schon weniger Meldungen. Eines der größeren Mädchen wusste es: „Es bedeutet Ankunft.“ „Richtig, Sophie“, lobte der Pastor. Anna war schon oft aufgefallen, dass Theodor Fliedner jedes Kind mit Namen kannte. Sie bewunderte sein Gedächtnis. Immerhin traf er jeden Tag mit so vielen Menschen zusammen. Ihr fiel ein, was Schwester Ruth ihr von Sophie und ihrer Schwester Agnes erzählt hatte. Vor fünf Jahren hatte Friederike Fliedner, wenige Wochen vor ihrem eigenen Tod, die beiden heimatlosen Mädchen in ihrem Haus aufgenommen. Zuvor waren zwei ihrer eigenen Töchter an Typhus gestorben. Als im Frühling das Waisenhaus seine Türen öffnete, gehörten Agnes und Sophie zu den ersten Kindern, die dort einzogen.

Währenddessen fuhr der Anstaltsleiter fort: „Wir feiern die Ankunft von Jesus Christus. Zu Weihnachten denken wir an seine Geburt in Niedrigkeit, als ein kleines Kindlein in einer Krippe. Das ist das erste Kommen des Herrn Jesus. Aber er wird auch wiederkommen in Herrlichkeit. Dann werden ihn alle Menschen sehen. Für die einen kommt er zum Gericht. Aber für die, die ihn hier schon angenommen haben, kommt er voller Gnade. Das ist das dritte Kommen: Jesus will in unseren Herzen Einzug halten. Aber das heute nur ganz kurz. Wir werden in den nächsten Wochen noch mehr darüber hören. Schaut doch einmal aus dem Fenster!" Wie um seine Worte zu unterstreichen, peitschte gerade in diesem Moment eine Windböe den Regen noch heftiger gegen die Scheiben. Auf ein Zeichen von Theodor Fliedner löschten zugleich zwei Seminaristinnen das Licht im Zimmer. Für die an die Helligkeit gewöhnten Augen war es im ersten Moment stockfinster. Anna legte unwillkürlich den Arm um die Mädchen um sie herum und spürte, wie sie sich Schutz suchend an sie drängten. Ein kleines Aufschluchzen kam von der sonst so resoluten Elsa. Anna tastete nach ihr und strich ihr tröstend über die Wange. Von vorn ertönte Pastor Fliedners Stimme. „Wir feiern Weihnachten in der dunkelsten, kältesten und unfreundlichsten Jahreszeit. So finster, kalt und trostlos war es auf der Erde, bevor unser Herr Jesus kam, von dem die Bibel sagt: Er ist das Licht der Welt. Und ganz und gar dunkel war es doch auf der Erde, bevor Gott sagte: ‚Es werde Licht!' Wann war denn das?"

Allmählich fühlte Anna, wie die Kinder sich etwas entspannten. Die Augen gewöhnten sich an die Dunkelheit und nahmen Umrisse im Raum wahr. Die Silhouetten der kahlen Bäume zeichneten sich scharf vor dem Fenster ab. Sie verstanden, dass es doch mehr wie ein Spiel war und der Pastor, den sie mochten, ihnen etwas deutlich machen wollte. Bei der Geschichte von Schöpfung und Sündenfall hatten die Mädchen gut aufgepasst. Anna war sehr stolz auf ihre Kleinen, dass sie die Geschichte genauso gut im Gedächtnis hatten wie die Größeren.

„Die ersten Menschen haben sich von Gott und seinem Licht abgewandt, als sie den Lügen der Schlange mehr Glauben schenkten als Gott. Sie haben Gottes Gebot übertreten. Weil Gott heilig ist, können sündige Menschen nicht in seiner Nähe bleiben. Aber Gott ist so barmherzig. Er gab ihnen ein erstes Licht mit auf ihrem dunklen Lebensweg, fern von seinem schönen Paradies. Ihr habt doch einen Vers auswendig gelernt. Wer kann mir den sagen?" Annas kleine Mädchen erwiderten ihren aufmunternden Blick mit großen Augen, die im Dämmerlicht des Raumes glänzten, schüttelten aber stumm und sehr bestimmt den Kopf. Nie im Leben würden sie jetzt und hier vor der ganzen Versammlung einen Bibelvers aufsagen, auch wenn sie im Schlafsaal noch so keck waren.

Sophie Kohms Schwester Agnes, die mit ihren 15 Jahren zu den ältesten Mädchen gehörte, machte den Anfang. Pastor Fliedner rief sie nach vorn. Feierlich reichte ihr Schwester Ruth eine Kerze. Mit dem bereitgehaltenen Fidibus zündete Agnes sie an und befestigte sie an dem schmucklosen Baum. Es war nur eine einzelne Kerze. Aber sie veränderte die Atmosphäre in dem ganzen großen Raum. Die kleinen Mädchen setzten sich aufrecht hin. Elsa wischte sich mit dem Ärmel über die Augen und saß ganz still. Alle Augen richteten sich auf das kleine Licht. „Ja, so gut ist es, wenn Gott uns ein Licht gibt", fuhr Pastor Fliedner fort. „Gott kann Sünde nicht ungestraft lassen, weil er heilig ist. Aber in seiner großen

Barmherzigkeit hat er doch in jeder der Strafen für Adam, Eva und die Schlange einen Segen hinterlassen, auch wenn sie ihn nicht gleich erkennen konnten. Arbeit ist ein Segen. Jedes Kind ist eine Segensgabe von Gott. Und in der Strafe für die Schlange liegt die Erlösung für alle Menschen begründet. Denn der Heiland wird auch einmal als Mensch von einer Frau auf die Welt gebracht werden. Er wird der Schlange – das ist ja eigentlich der Teufel – die Macht wegnehmen. Einmal kommt der große Tag, an dem er ihn ganz und gar vernichten wird. Aber zuerst sieht alles danach aus, als ob der Teufel siegt. Zuerst muss der Sohn Gottes, der als einziger ohne Sünde ist, am Kreuz sterben. Sein Tod erlöst uns von unserer Schuld."

Fliedner machte eine bedeutsame Pause. „Eva hat damals gedacht, als sie einen Sohn zur Welt brachte, dass dieser Sohn schon der Erlöser sein würde. Aber das war noch viel zu früh! Lange Zeit sah es so aus, als ob der Feind schrecklich stark und übermächtig sei. Die Menschen waren so böse, dass Gott die große Sintflut schicken musste. Später, als sie den großen Turm bis zum Himmel bauen wollten, verwirrte er ihre Sprachen. Aber es gab zu jeder Zeit einige Menschen, die zu Gott gebetet haben, die ihm treu waren und ihm allein gehorchen wollten – Henoch, Noah und Abraham. Ja, und von Abraham werdet ihr Kinder morgen eine Verheißung auswendig lernen. Dann werden wir wieder ein Licht anzünden an unserem Baum."

Als die Kinder schon in gewohnter Ordnung den Raum verließen, löste sich Elsa noch einmal aus der Reihe und rannte den Flur zurück, dem Pastor hinterher, der sich bereits zur Haustür wandte. Anna wollte sie zurückrufen, da sah sie, wie das kleine Mädchen Theodor Fliedner ihren nicht nur schiefen und bekritzelten, sondern mittlerweile auch noch ziemlich zerdrückten Stern hinhielt: „Der ist für dich, Pastor Fliedner! Das war so schön, als es wieder ein bisschen hell wurde!" Der Mann mit seinem steifen Kragen und akkurat gezogenem Scheitel blickte auf den Stern und lächelte. Dann ging er in die Knie, sodass er auf gleicher Höhe war wie das Kind. „Dafür ist Jesus gekommen, dass es auch in deinem Herzen hell werden soll, Elsa", sagte er freundlich, „er will auch dein Heiland sein und in deinem Herzen wohnen. Weißt du das?" Die Kleine nickte schüchtern. Dann schlang sie plötzlich beide Arme um den Pastor und drückte den Kopf einen Moment ganz fest an den dunklen Stoff seines Gehrockes. Wieder wusste Anna nicht recht, ob sie eingreifen sollte. War das nicht zu vorwitzig? Theodor Fliedners Hand strich ganz sanft über den blonden Kopf. Dann löste er sich vorsichtig aus der Umarmung und erhob sich zum Gehen. Schon schloss sich die Haustür hinter ihm.

Am Abend lag Anna in ihrem Bett und hatte wieder ihre Bibel aufgeschlagen. Morgen war ja schon die nächste Verheißung an der Reihe! Sie blätterte durch die Geschichte von Kain und Abel, dann kam sie zu Noah und der Arche, die Pastor Fliedner erwähnt hatte. Diese Geschichte hatte sie schon als Kind im Religionsunterricht gehört. War das damals wirklich geschehen? Sie war sich nie ganz sicher gewesen, ob die biblischen Geschichten nicht so ähnlich waren wie die Märchen der Gebrüder Grimm, die man ihr auch erzählt hatte. Aber in Kaiserswerth schien niemand daran Zweifel zu hegen. Tatsächlich war es so: Man musste sich selbst auf die Suche machen und anfangen, in der Bibel zu lesen. So, wie Theodor Fliedner das vorhin mit der Erlösung erklärt hatte, schien ein roter Faden die Bibel zu durchziehen. Ein Sinn, der sich langsam erschloss, und ein Ziel, auf das die ganze Menschheitsgeschichte zusteuerte.

Als Paul ihr von den Unruhen im Land und der Hungersnot überall erzählt hatte, sah sie nur das Chaos, die Willkür der Mächtigen, die die Kornpreise festsetzten und die hungernden Protestierer niederknüppeln ließen. Da war kein roter Faden, allenfalls ein wirres, verknotetes Knäuel, das man am liebsten zerschneiden würde, anstatt es geduldig zu entwirren! Genauso war ihr auch ihr eigenes Leben erschienen, nachdem Paul fort war – abgerissen, sinnlos und vergeblich. Vielleicht, dachte sie, war es auf der Seite der Menschen, auf der irdischen Seite, so, dass man nur das Elend und Durcheinander sehen konnte. Aber auf Gottes Seite, von seiner Warte, aus der Ewigkeit, war die Perspektive eine andere. Und Gott schien nicht gleichgültig zuzuschauen, wie seine Menschen sich abmühten und quälten. Er schien tatsächlich Geschicke zu lenken und der eigentliche Herr der Geschichte zu sein. Auch ihrer eigenen Geschichte?

Jetzt hatte sie die Stelle gefunden, die die Kinder morgen auswendig lernen sollten: 1. Mose 12,1–3: „Und der Herr sprach zu Abram: Geh aus deinem Vaterland und aus deines Vaters Hause in ein Land, das ich dir zeigen will. Und ich will dich zum großen Volk machen und will dich segnen und dir einen großen Namen machen, und du sollst ein Segen sein. Ich will segnen, die dich segnen, und verfluchen, die dich verfluchen; und in dir sollen gesegnet werden alle Geschlechter auf Erden." Was für schöne Worte! Was für eine Zusage an Abraham, der damals noch Abram hieß! Wie gewaltig musste das sein, Gottes Stimme mit den eigenen Ohren wahrzunehmen. Das wäre doch etwas gewesen, wenn Gott noch zu Hause in Vaihingen an der Enz gesagt hätte: *Anna, geh aus deinem Elternhaus nach Kaiserswerth und ich will dich dort segnen … und du sollst ein Segen sein …*

Stattdessen hatte eine bis dahin ziemlich unbekannte Tante einen Brief geschrieben, woraufhin Vater sich entschloss, Haus und Hof zu verkaufen und sie, seine Tochter, Hals über Kopf hierherzuschicken, weil er sich wohl keinen anderen Rat wusste. Vielleicht auch, weil er sie mit ihrem ständigen Aufbegehren, ihrem Bockigsein und ihren Tränen um Paul einfach nicht mehr ertragen konnte? Weil er sie los sein wollte? War das der rote Faden von Gott? Oder doch einfach reine Willkür? Eigentlich war ihr schlicht keine andere Wahl geblieben, als zu gehorchen und ihre Sachen zu packen – oder? Wollte Gott genau sie, Anna Wagner, hier an diesem Ort in eben diesem Waisenhaus haben? Oder war sie einfach nur hier, weil Not am Mann war und weil man der tüchtigen Tante Sophie einen Gefallen tun wollte?

Wer war sie schon? Ein Mädchen für alles, nicht einmal eine Kleinkinderschulseminaristin … Wenn jetzt eine andere junge Frau käme, die ihr an Bildung überlegen war und sich vor allem in der Bibel auskannte, die außerdem genau wusste, dass Jesus in ihrem Herzen lebte – dann könnte man sie doch einfach von heute auf morgen ersetzen. Und fortschicken … Wie sollte jemand wie sie ein Segen sein? Sie machte ihre Arbeit, so gut sie konnte – aber ein Segen? Was bedeutete das: ein Segen sein? Anna schlug die Bibel zu, um die Traurigkeit abzuwehren, die wie eine Welle in ihr aufstieg. Sie würde den Vers morgen mit den Kindern lernen – den ersten, überlegte sie, denn für die Kleinen waren drei Verse an einem Tag doch wohl zu viel. Aber es ging hier um Abraham vor langer, langer Zeit. *Sie* war damit auf jeden Fall nicht gemeint.

Die ersten Dezembertage vergingen wie im Flug. Die Kinder lernten mit Feuereifer. Immer wieder sprachen sie von dem ersten Abend, wie es doch auf einmal so dunkel gewesen war – und Pastor Fliedner hatte die Geschichte so schön erzählt – und nur sie allein im Waisenhaus hatten einen Adventsbaum bekommen! Sie bastelten mit Hingabe ihre Sterne. Selbst die von Elsa und den Kleinen wurden mit jedem Ausschneiden akkurater. An den Abenden schossen die Hände der Mädchen nur so in die Höhe, wenn sie miteinander wetteiferten, welche von ihnen nach vorn kommen, den Vers aufsagen und die Kerze am Baum anzünden durfte. Jeden Abend wurden zuerst die Bibelverse der vergangenen Abende wiederholt, bevor ein neuer dazukam. So prägten sich die Worte immer besser ein und bald standen die Jüngeren den Älteren in ihrem Wissen in nichts nach. Es waren nicht nur die Kerzenlichter, die den Raum erhellten, es war auch der Zauber der Vorfreude auf das Weihnachtsfest.

Anna las vor dem Zubettgehen Abend für Abend die Geschichte im Buch Mose weiter – von Abraham über Isaak zu Jakob, zu Juda und dann zum ganzen großen Volk Israel. Der mesopotamische Seher Bileam wurde geholt, um die wachsende Menge der Israeliten im Auftrag der Moabiter zu verfluchen. Aber er konnte es doch nicht tun, sondern musste, ganz im Gegenteil, stattdessen einen Segen über dem Volk Gottes aussprechen: „Ich sehe ihn, aber nicht jetzt; ich schaue ihn, aber nicht von Nahem. Es wird ein Stern aus Jakob aufgehen und ein Zepter aus Israel aufkommen und wird zerschmettern die Schläfen der Moabiter und den Scheitel aller Söhne Sets" (4. Mose 24,17). In diesem Zusammenhang konnte man den Kleinen dann von dem Stern erzählen, den die weisen Sterndeuter viele Jahrhunderte später im Osten sahen, und wie sie sich von ihm nach Betlehem führen ließen. Das war schon richtig weihnachtlich.

Am zweiten Adventssonntag wurden alle sieben Verse der Woche wiederholt. Dann kam die zweite Adventswoche. Jetzt schilderten die Verse das Heilshandeln des Sohnes Gottes – der höchste Prophet, Gottes Knecht, Gottes Gesalbter, der Klein und Groß als guter Hirte weidet. „Wir wollen spielen", maulten die Mädchen, als Anna wie gewohnt mit Sternen und Versen kam. „Das ist viel zu schwierig, Tante Anna, und viel zu lang. Immer nur Verse. So viele Verse. Und jeden Abend nur eine einzige Kerze mehr. Wann ist denn endlich Weihnachten?"

Schwester Ruth, die eben dazukam, schüttelte den Kopf. „Adventszeit ist Wartezeit. Wisst ihr, warum es vier Adventssonntage gibt? Nein? Stellt euch vor, es waren nicht vier Wochen, sondern vier Jahrtausende, die die Menschen der Bibel ausharren mussten, bis Jesus geboren wurde. 4000 Jahre! Die Menschen haben ihr ganzes Leben lang gewartet und sind gestorben, ohne dass sie je erlebt haben, wie die Verheißungen, die ihr gelernt habt, sich erfüllen. Unser schöner Adventsbaum, der jeden Tag ein bisschen heller wird, verkürzt euch die Wartezeit. Jedes Mal dürft ihr euch freuen, dass Weihnachten wieder einen Tag näherkommt. So haben die Menschen im Alten Testament sich gefreut, wenn Gott ihnen eine Verheißung gab. Sie war wie ein Licht auf dem langen dunklen Weg. Und sie haben sich, wie ihr, gewiss oft gefragt, wann es endlich so weit sein wird."

Schwester Ruth konnte so gut erklären. Wenn sie dazu kam, wurden die aufmüpfigsten Mädchen sanft wie Lämmer. Anna war jeden Tag froh darüber, unter Schwester Ruths geduldiger Anleitung zu arbeiten. Sie schien mit jeder Situation fertigzuwerden und das, ohne ständig zu zetern und zu schimpfen. Wenn es nötig war, konnte sie durchaus richtig streng sein und ein freches Kind im Handumdrehen zur Räson bringen. Aber ihre Stimme blieb stets gleichbleibend ruhig und sie sprach und handelte überlegt. Wenn sie strafen musste, wusste das betreffende Kind genau, warum und wofür. Nach der Strafe war die Welt wieder in Ordnung. Der Vorfall wurde nicht mehr erwähnt. Kein Kind musste sich etwa ducken, weil es bei einer Ungeschicklichkeit oder einer frechen Antwort eine plötzliche Ohrfeige fürchtete. Anna bewunderte ihre Leiterin, ja, sie verehrte sie. In vielen Situationen versuchte sie, nicht gleich loszuschimpfen, wie es ihr auf der Zunge lag, sondern ruhig zu bleiben und sich zu fragen: Was würde Schwester Ruth jetzt tun? Genauso geduldig wie mit den Kindern ging sie auch mit Anna und den anderen Schülerinnen um. Wenn sie etwas verkehrt machten, nahm sie sich die Zeit, zu erklären, wie sie es besser machen konnten. Doch vorher wartete sie immer ab, ob sie selbst erkannten, wo der Fehler lag, und eine eigene Lösung fanden. Ihr Lob bestand in der Regel nicht aus Worten, sondern allein aus einem strahlenden Nicken, das Anna anspornte, ihr Bestes zu geben. Sie fand, sie hätte keine bessere Lehrmeisterin bekommen können.

Am nächsten Vormittag, während sie zusammen in der Küche arbeiteten, fiel Anna auf, dass Schwester Ruth sehr blass und ungewöhnlich still war. Als sie den großen Suppentopf aufs Feuer rückte, schwankte sie leicht und ihre Hände zitterten. Anna sprang hin, um zuzugreifen, bevor der Topf umkippen konnte. Schwester Ruth schüttelte den Kopf und ließ sich schwer auf einen Hocker fallen. Dann fing sie an zu husten und konnte gar nicht wieder aufhören. „Sie sind krank, Schwester Ruth“, sagte Anna besorgt, „Sie müssen ins Bett.“ Die Schwester verzog gequält das Gesicht. „Erst noch das Mittagessen. Ich lege mich danach ein bisschen hin. Vielleicht kann später eine der Seminaristinnen aushelfen. Es geht schon wieder."

Beim Essen war Anna sicher, dass Schwester Ruth hohes Fieber hatte. Sie saß abwesend zwischen den Kindern, den Kopf schwer in beide Hände gestützt, und reagierte nicht einmal, als ein Streit um den Nachtisch entstand. Unvermittelt stand sie noch vor dem Schlussgebet auf, hielt sich kurz an der Stuhllehne fest und verließ leise wie ein Windhauch den Speisesaal. So war Anna nicht überrascht, als ihre Tante wenig später in der Tür stand und ihr in fliegender Eile mitteilte, dass die Leiterin mit einer Grippe fest im Bett liege. Mindestens die restliche Woche würde sie ohne sie auskommen müssen. Sie solle jetzt zunächst mit den Größeren Schulaufgaben machen. Die Kleineren würden am Spätnachmittag von der Kleinkinderschule gebracht werden. Allerdings sei die Lage seit dem Morgen sehr angespannt durch eine starke Welle von Erkrankungen über Nacht. Jede helfende Hand würde aktuell in der Diakonissenanstalt benötigt. Daher müssten die Seminaristinnen, die am Nachmittag gewöhnlich ins Waisenhaus kamen, einstweilen dort eingesetzt werden. Vielleicht könne morgen eine Schülerin ihr, Anna, zur Seite stehen.

Morgen … und eine ganze Woche ohne Schwester Ruth! Anna sank das Herz bis in die Knie. Aber sie biss die Zähne zusammen, nickte entschlossen und richtete sich kerzengerade auf. Sie würde zeigen, was in ihr steckte. Man traute ihr etwas zu. Sie würde Schwester Ruth nicht enttäuschen. Was allerdings die Mithilfe bei den Schulaufgaben anbelangte, so war sie dieser Tätigkeit bis dahin erfolgreich aus dem Weg gegangen. In der Rechtschreibung fühlte sie sich durchaus nicht sicher. Auch Rechenwege zu erklären, traute sie sich einfach nicht zu. Sie war in der Schule immer nur froh gewesen, wenn das Ergebnis am Ende irgendwie stimmte.

Aber sie konnte die Mädchen ja nicht im Stich lassen. Sie saßen bereits in der Stube um den Tisch, emsig schreibend über aufgeschlagene Hefte und Bücher gebeugt. Als statt der erwarteten Schwester Ruth Anna eintrat und ihnen von der ernsten Erkrankung der Leiterin berichtete, hoben sich die Köpfe. Die Mädchen wechselten Blicke, in denen die Ratlosigkeit stand. „Wir schreiben morgen ein Diktat, Tante Anna“, stöhnte die achtjährige Henriette. „Soll ich mit dir üben?“ Das konnte ja so schwierig nicht sein. Sie musste nur am Ende die Texte vergleichen. „Das kann ich machen“, schaltete sich Sophie ein, die gern helfen wollte. „Wenn du mir beim Aufsatz hilfst, Tante Anna! Mir fällt gar nichts ein!“

An der anderen Tischseite saß Helene, wie Sophie elf Jahre alt. Diesem Mädchen war Anna bisher ebenso erfolgreich aus dem Weg gegangen wie den Hausaufgaben. Sie hätte nicht genau sagen können, warum. Sie empfand eine instinktive Abneigung gegen dieses drahtig wirkende Kind mit dem kritischen Blick aus schmalen grauen Augen. Vielleicht, weil sie von Anfang an den Eindruck gehabt hatte, dass Helene sie ablehnte. Jetzt hob sie mit einem Ruck den Kopf von ihrem Heft, starrte Anna einen Moment lang mit einem merkwürdigen Ausdruck in den Augen an und lehnte sich dann quer über den Tisch, um Sophie etwas ins Ohr zu zischeln. Anna wusste, dass sie eingreifen musste.

„Wer flüstert, der lügt", sagte sie laut, „kennst du das Sprichwort, Helene?" Diese ließ sich mit geradezu aufreizender Langsamkeit wieder auf ihrem Stuhl nieder. „Ich glaube nicht, dass das stimmt. Geh du nur in deine Küche, Tante Anna. Sophie und ich schaffen das mit dem Aufsatz schon." Das klang mehr als herablassend. In Annas Ohren begann es zu klingeln. Sie wusste, dass sie jetzt feuerrot im Gesicht war. Was würde Schwester Ruth tun ...? Konnte sie eine solche Unverschämtheit durchgehen lassen? Alle Mädchen am Tisch hatten mitangehört, wie Helene mit ihr als Mitarbeiterin umging. Sie atmete gepresst ein. „Ich werde in die Küche gehen, Helene. Aber ich komme gleich wieder und schaue nach, wie weit du mit deinen Aufgaben gekommen bist! Beeile dich nur, es gibt für dich noch etwas im Haushalt zu helfen." Damit drehte sie sich auf dem Absatz um und zwang sich, aufrecht und würdevoll zur Tür zu gehen. Dabei wäre sie am liebsten hinausgerannt. In der sicheren Zuflucht der Küche stützte sie sich auf den Spülstein und verbarg ihren Kopf in den Händen. Trotzdem konnte sie das erregte Geflüster im Zimmer nebenan hören. Sie riss sich mit Gewalt zusammen. Was sollte es zum Abendessen geben? Eine Brotsuppe vielleicht? Die war einfach und schnell gemacht. Siedend heiß fiel ihr ein, dass sie ja noch den Vers für heute mit den Kindern lernen musste! Das Schneiden des dunklen Brotes und der Zwiebeln, die sie noch fand, beruhigte sie für den Moment. Ihre Hände hörten auf zu zittern und ihre Gedanken ordneten sich. Ihr erster Impuls war gewesen, Helene für ihre Frechheit ordentlich büßen zu lassen. Hatte jetzt nicht sie das Sagen? Durfte sie sich so ein Verhalten bieten lassen? Was zischelten die Mädchen nun untereinander, anstatt still ihre Schulaufgaben zu machen?

Sie machte sich klar, dass Helene sehr bewusst eine Grenze überschritten hatte. Schwester Ruth war nicht da und sie wollte „die Neue" testen. Wenn Anna versuchte, das Mädchen zu demütigen, indem sie ihr beispielsweise eine sehr schmutzige und sehr unbeliebte Aufgabe zuteilte, würde eine solche Strafe auch die anderen auf deren Seite ziehen, selbst wenn sie eben Helenes Verhalten abgelehnt hatten. Natürlich hielten die Mädchen untereinander zusammen. *Du willst doch anders sein als deine Mutter,* sagte sie sich. *Also gebrauch deinen Verstand und denk nach.*

Schließlich wischte sie sich die Hände an der Schürze ab und marschierte zurück ins Zimmer, so gleichmütig wie möglich. Die Mädchen waren bereits dabei, ihre Sachen zusammenzupacken. „Helene?" Die Angesprochene hob lässig den Kopf. „Ach ja, Tante Anna. Hast du dir inzwischen eine schöne Strafe ausgedacht?" Anna blieb vor ihr stehen und zwang sich, ihr in die Augen zu sehen, die sie unverwandt kühl und überlegen anstarrten. Das Rascheln der Hefte war verstummt. Alle Blicke waren auf sie gerichtet. „Du kannst doch gut erklären. Daher gebe ich dir für heute die Aufgabe, den Vers mit den anderen Kindern zu lernen. Ich erwarte von dir, dass du ihnen den Vers so gut beibringst, dass sie ihn heute Abend alle aufsagen können." Helenes Augen verengten sich misstrauisch. Ganz offensichtlich hatte sie eine andere Anweisung erwartet. Sie nickte nur. „Gut. Am besten fangt ihr gleich an. Es wird schon dämmrig und gleich werden die Kleinen kommen." Sie gab Helene das Blatt, auf das sie den Vers für die kleinen Mädchen notiert hatte. „Ihr Größeren könnt die beiden folgenden Verse auch noch lernen. Schlagt sie nur selbst in der Bibel nach!"

Als alle am Abend vor dem Baum versammelt waren, fühlte Anna sich erschöpft. Sie hatte Angst gehabt, Pastor Fliedner werde kommen, bevor sie mit der Arbeit fertig war. Ordnung wurde in Kaiserswerth sehr hochgehalten, und Theodor Fliedner hatte scharfe Augen. Ihm wäre nicht entgangen, wenn etwa der Flur nicht gefegt oder nicht aufgeräumt worden war. Darum hatte Anna gearbeitet wie eine Wilde, weil sie sich nicht mehr getraut hatte, die Mädchen mehr als sonst zur Mithilfe einzuspannen. Sie wollte nicht versagen.

„Jesus als Prophet wird am besten von Jesaja beschrieben. Man nennt ihn deshalb auch den Evangelisten des alten Bundes", begann Theodor Fliedner nach Gebet und Lied. An diesem Abend brannten bereits acht Kerzen, die neunte lag neben dem Fidibus bereit. Der große Raum war viel heller als am ersten Abend. „Er ist der Knecht Gottes, auf dem Gottes Wohlgefallen ruht, so wie Gott es nach der Taufe von Jesus bestätigt: ‚Das ist mein lieber Sohn, an dem ich Wohlgefallen habe' – so heißt es bei Matthäus im dritten Kapitel. Er ist es, der das Recht und Gottes Willen wahrhaftig lehrt, das bedeutet: Jesus lehrt das Recht vollkommen. Das sehen wir erneut in der Bergpredigt. Dort heißt es doch immer wieder: ‚Ihr habt gehört, dass zu den Alten gesagt ist', und dann folgt: ‚Ich aber sage euch …' Jesus ist derjenige, der seine Jünger lehrt, seinen Willen zu halten. Und dabei gibt er ihnen auch die Kraft, so zu leben. Von uns aus können wir Menschen das nicht! Auch wenn wir das Gute wollen, gelingt es uns nicht." Anna starrte hinunter auf ihre Hände, die in ihrem Schoß lagen. Ihr war, als spräche der Pastor einzig und allein zu ihr persönlich. War das nicht genau ihr Problem? Sie war drauf und dran gewesen, ja, es hatte sie gleichsam in den Fingern gejuckt, Helene für ihre Frechheit auf der Stelle eine Ohrfeige zu verpassen. Das war doch auch exakt das, was sie verdient hatte! Hatte nicht nur die blanke Angst, in Schwester Ruths und Tante Sophies Augen versagt zu haben, sie davon abgehalten? Und Jesus sah doch direkt in ihr Herz. Er wusste genau, wie viel ohnmächtige Wut in ihr gewesen war – und wohl auch jetzt noch in schlummerte. Sie konnte jederzeit wieder entflammt werden. Daran hatte Anna keinen Zweifel.

Pastor Fliedner sprach weiter: „Jesus ist der Herr. Er hat die Hoheit und ihm gebührt alle Ehre. Und doch bleibt er zur selben Zeit der Sanftmütige und Demütige. Wir lesen doch in Matthäus 11,29: ‚Nehmt auf euch mein Joch und lernt von mir; denn ich bin sanftmütig und von Herzen demütig; so werdet ihr Ruhe finden für eure Seelen.'" Annas Augen brannten. Mit aller Macht drängte sie die aufsteigenden Tränen zurück. Sie konnte doch nicht hier vor den Mädchen weinen!

Die Worte waren so schön. In diesem Moment sehnte sie sich nur danach, sich vor diesem Jesus auf die Knie zu werfen und ja, den Kopf in seinen Schoß zu legen, sich auszuweinen und diese Ruhe für ihre Seele zu finden. Sie war sich selbst so leid! Geborgen sein, geliebt und angenommen sein, so einschlafen und so getröstet wieder aufwachen. Das war es, was sie sich von Herzen wünschte.

Die Stimme las weiter den letzten Vers, den die großen Mädchen hoffentlich erfolgreich auswendig gelernt hatten: „Das geknickte Rohr wird er nicht zerbrechen und den glimmenden Docht wird er nicht auslöschen. Jesus sieht unsere Schwachheit. Er weiß, wie leicht wir versagen. Er nimmt uns, wie wir sind, wenn wir uns ihm hingeben."

Theodor Fliedner räusperte sich. Gleich würde er fragen, wer den Vers von heute aufsagen konnte. Acht Bibelstellen waren nur so heruntergeschnurrt worden. Jetzt würde sich zeigen, ob Helene sie hier vor allen bloßstellen würde. Annas Spannung war so groß, dass der Trost, den sie doch gerade eben gehört hatte, und der ihr so in die Seele sprach, verflog wie ein Hauch. Sie musste doch jetzt und hier bestehen! Es waren ihre kleinen Mädchen, die Annas Ehre retteten – so empfand sie es wenigstens.Elsa haspelte sich durch den ersten Vers und von ihr erwartete der erfahrene Pädagoge auch gar nicht mehr. Sie hüpfte glücklich nach vorn und der Pastor half ihr geduldig, die Kerze anzuzünden und am Baum zu befestigen. Sie strahlte über das ganze Gesicht, als sie zurück an ihren Platz ging. Stolz suchte sie Annas Blick. Anna lächelte zurück.

„Ihr großen Mädchen habt sicher auch die beiden nächsten Verse gelernt", erklang es schon etwas strenger von vorn. „Wer sagt sie uns auf?" Helenes Stimme kam schmeichelnd von ganz hinten: „Pastor Fliedner, wir hatten so viel zu tun. Wir wollten doch alle Tante Anna helfen und uns um die Kleinen kümmern. Schwester Ruth fehlt uns."

Anna ballte die Faust in ihrem Schoß. Sie hätte sie doch die Latrinen reinigen lassen sollen, schoss es ihr durch den Kopf. Oder … Sie war so wütend, dass ihr nichts einfallen mochte. Aber ihr würde schon noch eine Idee kommen, wie sie dieser aalglatten Person den frechen Mund stopfen konnte! Leider hatte diese Schlange von einem Mädchen richtig kalkuliert. Anna würde es nicht wagen, die Atmosphäre der Adventsstunde zu zerstören, indem sie sie hier und jetzt und vor dem Pastor der Lüge bezichtigte. „Das ist schade", sagte Theodor Fliedner nur, „nun, Kinder, die liebe Schwester Ruth ist sehr krank. Wir wollen für sie zum Heiland flehen, dass das Fieber sinkt. Am besten helft ihr ihr, wenn ihr in die Bresche springt und alles tut, sodass sie nur Freude an euch hätte, wenn sie euch sehen könnte. Ihr großer Wunsch war es, dass ihr eifrig seid im Auswendiglernen der Verse und sie euch zu Herzen nehmt."

Gleich darauf war die Andacht vorüber. Als Anna die Kinder aus dem Zimmer hinüber zu den Schlafräumen führte, stand die Probemeisterin, Schwester Anna Müller, im Flur. „Liebe Anna, Sie haben gerade ein schweres Amt", sagte sie freundlich – so freundlich, dass Anna fast wieder die Fassung verlor,

„es tut mir so leid. Drüben sind heute den ganzen Tag über noch mehr Schwestern an der Grippe erkrankt. Ich möchte Sie wirklich nicht gerne mit der ganzen Verantwortung allein lassen, aber ich habe heute Nacht niemanden, den ich Ihnen zur Seite stellen kann. Morgen in der Frühe schicke ich Ihnen eine Hilfe. Meinen Sie, Sie können das bis dahin schaffen? Sie müssten natürlich hier bei den Kindern schlafen."

Daran hatte Anna schon selbst gedacht. Allein die Teilnahme einer leitenden Schwester gab ihr wieder neue Motivation. Sie wurde gesehen. Sie nickte. „Ich gebe mir Mühe." „Davon bin ich überzeugt. Ich habe gerade einen Moment Zeit. Springen Sie doch rasch in Ihr Zimmer hinauf und holen Ihr Bettzeug und was Sie brauchen. Ich beginne derweil, die Kinder ins Bett zu bringen." Vor der fremden Schwester hatten die Kinder augenscheinlich Respekt. Als Anna zurückkam, lagen schon fast alle in ihren Betten. „Was für liebe Kinder", lobte die Probemeisterin laut, „ich bin sicher, sie werden es Ihnen so leicht wie möglich machen. Nicht wahr, Kinder?" „Selbstverständlich, Schwester Anna." Die schnelle, beruhigende Antwort kam natürlich von Helene. Schwester Anna Müller belohnte sie mit einem strahlenden Lächeln. Dann war sie auch schon verschwunden.

Anna hatte das Gefühl, eben erst eingeschlafen zu sein, als jemand sie an der Schulter rüttelte. „Tante Anna!" Sie fuhr mit einem Ruck in die Höhe. Einen Moment wusste sie nicht, wo sie war. Elsa stand im weißen Nachthemd neben ihr: „Marie hustet so! Sie ist bestimmt auch krank." Mühsam rappelte sie sich auf und tappte auf bloßen Füßen hinter Elsa her in den Schlafsaal der Kleinen. Marie lag ganz am Fenster. Das Mondlicht fiel auf ihr Gesicht. Es war gerötet und glänzte schweißnass. Die Kleine murmelte etwas im Schlaf, dann begann sie wieder zu husten. Es schüttelte sie. Anna kniete bei ihr nieder, die Kälte ließ sie schaudern. „Elsa, geh schnell wieder ins Bett! Es ist viel zu kalt. Ich kümmere mich um Marie." Als das Husten nicht aufhören wollte, schob sie ihren Arm unter die Schultern des Kindes und richtete es vorsichtig auf. Marie öffnete die Augen halb. „Mama", flüsterte sie heiser. Ein dünner Spuckefaden rann aus ihrem Mundwinkel. Ihr magerer Körper fühlte sich brennend heiß an. Anna streichelte sie beruhigend. „Schsch", machte sie. Was sollte sie als Erstes tun? Tee? Wickel vielleicht? Ein Wadenwickel würde das Fieber senken und ein warmer Brustwickel den Husten lösen … Sie hatte doch gar keine Ahnung von Krankenpflege und noch viel weniger von kranken Kindern. *O Schwester Ruth, warum musstest du krank werden?* Sie schob Marie das verschwitzte Haar aus der Stirn und wiegte sie sanft hin und her, während sie fieberhaft überlegte. Dabei hatte sie das Gefühl, ihr Gehirn sei aus Watte. Das kleine Mädchen kuschelte sich in ihren Arm. Ihr Körper wurde schwer, ihre Augen schlossen sich wieder. Schlaf war auch Medizin, oder? Aber sicher würde der Hustenreiz sie – und die anderen – gleich wieder wecken. Anna zog vorsichtig ihren Arm unter Maries Schultern hervor und lief, um ihr eigenes Kissen zu holen. Das schob sie der Kranken unter den Kopf. Es würde ihr hoffentlich das Atmen erleichtern.

Elsa lag wach in ihrem Bett. Ihre glänzenden Augen folgten jeder von Annas Bewegungen. Als Anna an ihr vorbeieilte, richtete sie sich auf: „Marie hat ‚Mama' zu dir gesagt, Tante Anna! Aber ihre Mama ist im Himmel. Muss Marie jetzt auch sterben?" Anna erschrak. „Nein, nein, Elsa. Sie hat sich nur erkältet. Ich koche ihr einen Tee. Wenn sie wieder aufwacht, tut er ihr hoffentlich gut. Schlaf jetzt!"

Die Steinfliesen auf dem Küchenboden fühlten sich unter ihren nackten Sohlen eiskalt an. Anna trat von einem Bein auf das andere, während sie sich abmühte, um das Feuer in Gang zu bringen. Während das Wasser langsam zu sieden begann, rannte sie wieder nach oben und zog sich an. Sie durfte nicht auch noch krank werden. Als sie mit einem dampfenden Krug Kräutertee die Treppe hochlief, hörte sie auch aus dem Schlafsaal der älteren Mädchen jemanden husten. Wenn es hoffentlich Helene war, konnte sie warten, dachte sie grimmig.

Im Dunkeln saß sie auf Maries Bettrand und hielt ihr den Becher an die Lippen. „Ein Schlückchen! Das tut dir gut." Marie trank gehorsam, seufzte und ließ sich wieder aufs Kissen fallen. Annas Augenlider wurden schwer. Nur noch schlafen dürfen! Ihr Kopf sank auf die Brust. „Wo ist Tante Anna?" Die Stimme war laut und herrisch. „Ist sie vielleicht taub? Sophie ist krank!" Als Anna in den Flur taumelte, stand Helene da, breitbeinig, die Arme vor der Brust verschränkt. „Kümmere dich um Sophie. Hörst du ihr Husten nicht?" „Soll ich mich vielleicht teilen?", entfuhr es Anna, bevor sie nachdenken konnte, „Marie ist auch krank." „Schwester Ruth kümmert sich immer um alle. Sie ist eine gute Mutter für uns. Ich wollte, sie wäre hier. Warum bist du nicht stattdessen krank geworden?" Anna fuhr herum. Das war zu viel. Selbst Helene schien zu erkennen, dass sie zu weit gegangen war. „Geh in dein Bett, Helene! Und wag es nicht, noch einmal zu kommen!", fauchte Anna sie an. Bevor sie nachdenken konnte, hatte sie das Mädchen schon mit einer heftigen Bewegung zur Seite gestoßen. Helene taumelte und hätte fast das Gleichgewicht verloren. Anna stürmte an ihr vorbei in den Schlafsaal. Es war noch Nacht, als sie sich endlich wieder hinlegen konnte, aber der Mond war bereits am Untergehen. Ihr Kopf schmerzte und es dauerte eine Ewigkeit, bis sie wenigstens ein bisschen Wärme unter der Decke spürte. Sie konnte nicht mehr. Sollte husten, wer wollte!

Am anderen Morgen kam Caroline Fliedner, die Vorsteherin, selbst ins Waisenhaus, als die Kinder noch ihren Haferbrei löffelten. Sie war eine hübsche Frau mit dunklem Haar, das unter der Haube hervorschaute. Obwohl sie selbst keine Diakonisse war, trug sie als deren „Mutter" stets entsprechende Tracht. Anna fiel ein, dass sie vor ihrer Heirat als Oberaufseherin im Hamburger Allgemeinen Krankenhaus tätig gewesen war. Voller Bewunderung hatte ihr Schwester Ruth von Carolines Einsatz zwei Jahre zuvor während der Typhusepidemie in Gartrop erzählt. Obwohl sie zu Hause ein Kleinkind und ein Baby hatte – abgesehen von den drei Kindern, die ihr Mann mit in die Ehe gebracht hatte, war sie unerschrocken in die Häuser der Kranken gegangen, begleitet von zwei Schwestern und einer Magd. Durch ihre aufopferungsvolle Pflege hatte sie vielen Dorfbewohnern das Leben gerettet. Sie konnte ihr sicher auch in ihrer jetzigen Situation einen guten Rat geben!

Ohne Umschweife begab sich die Vorsteherin zu den beiden Kranken. Sie entschied, dass Sophie und Marie unverzüglich ins Krankenhaus gebracht werden sollten, um weitere Ansteckungen zu verhindern. Auch drüben unter den Schwestern breitete sich die Grippe in Windeseile weiter aus. Schwester Ruths Zustand indes war kritisch, das Fieber stieg unaufhaltsam. Die Vorsteherin forschte aufmerksam in Annas Gesicht: „Wie geht es Ihnen, Anna?“ Allein, dass sie fragte – dass jemand nach *ihr* fragte – trieb Anna die Tränen in die Augen, weil sie einfach so elend müde war. Sie nickte nur stumm mit gesenktem Kopf, damit Caroline nicht merkte, wie ihr zumute war.

„Ich schicke Ihnen Lina. Sie kennen sich bereits, sie ist eben fertig geworden mit ihrem Kurs für die Kleinkinderschulen. Ich habe ihr schon gesagt, dass sie heute Nacht bei den Kindern schlafen muss. Sie dürfen nicht zwei Nächte hintereinander wachen, Anna.“ Als sie im Sturmschritt das Haus verlassen hatte, um alles Weitere zu veranlassen, fühlte Anna sich grenzenlos erleichtert. Schon die Aussicht auf eine ruhige Nacht und dazu kompetente Unterstützung ließ sie wie auf Flügeln wieder an die Arbeit gehen. Im Laufe des Vormittags wurden mehrere Mädchen aus dem Unterricht geschickt, weil sie Fieber hatten. Anna und Lina räumten um und richteten einen eigenen Schlafsaal nur für die Kranken her. Es war angenehm, mit Lina zu arbeiten. Sie packte ohne Umschweife mit an und behandelte Anna als ebenbürtige Kollegin.

Am Nachmittag ließen sie die Kinder Karten und Bilder für Schwester Ruth malen und schreiben. „Wie wäre es, wenn ihr unseren Vers für heute darauf schreibt?" Lina hatte die gute Idee. „Er passt so gut in unsere Situation: ‚Der Geist des Herrn ist auf mir, weil der Herr mich gesalbt hat. Er hat mich gesandt, den Elenden gute Botschaft zu bringen, die zerbrochenen Herzen zu verbinden, zu verkündigen den Gefangenen die Freiheit, den Gebundenen, dass sie frei und ledig sein sollen' (Jesaja 61,1). Das ist doch genau das, was wir jetzt brauchen. Wir haben Gottes Gesalbten schon bei uns. Ihn dürfen wir bitten. Und es geht noch weiter, hier für euch Große: ‚zu verkündigen ein gnädiges Jahr des Herrn und einen Tag der Vergeltung unseres Gottes, zu trösten alle Trauernden, zu schaffen den Trauernden zu Zion, dass ihnen Schmuck statt Asche, Freudenöl statt Trauerkleid, Lobgesang statt eines betrübten Geistes gegeben werden, dass sie genannt werden ‚Bäume der Gerechtigkeit', ‚Pflanzung des Herrn', ihm zum Preise'."

Anna realisierte überrascht, dass sie diese Verheißungen längst nicht mehr mit Grimms Märchen auf eine Stufe stellte. Die Worte fanden ein Echo in ihrem Herzen. Sie weckten vor allem eine fast schmerzhafte Sehnsucht, es möge so sein – und einen Funken Glauben, dass Gott wirklich der war, als den ihn die Bibel beschrieb. Der Gott, der auf dem Thron saß, der Gott, der die Macht hatte, einzugreifen und alles Leid zu wenden. In diesem Moment fiel ihr Blick auf Helene. Sie hörte Linas Erklärung aufmerksam zu und nickte bereitwillig. Dann verhielt es sich wohl doch tatsächlich so, dass das Mädchen einfach sie, Anna, als Leiterin und als Person ablehnte – denn die Anweisungen anderer konnte sie ohne Widerspruch entgegennehmen. Anna war schlichtweg froh, dass die Kinder für eine Weile beschäftigt waren.

Doch der kleine Funken Glauben erlosch ebenso schnell wieder, wie er aufgeflackert war, als sie in die harte Realität des Nachmittags zurückkehrte. Was war, wenn Schwester Ruth dennoch nicht wieder gesund wurde? Und die kleine Marie! Sie in der Nacht im Arm zu halten – und vor allem sie „Mama" sagen zu hören, wenn auch im Fiebertraum – hatte sie in ihrem Innersten angerührt. Von ganzem Herzen betete sie für das kleine Mädchen. Am liebsten wäre sie zwischendurch zu ihr hinüber auf die Kinderstation gelaufen, aber sie hatte zum einen keine Minute Zeit, zum anderen sagte ihr ihr Verstand, dass sie unbedingt gesund bleiben musste. Sie musste ihre Fürsorge auf die Mädchen beschränken, die noch nicht so krank waren, dass eine Pflege im Krankenhaus nötig war.

Lina erzählte ihr, alle Betten seien mittlerweile belegt. Nicht nur in der Diakonissenanstalt gab es viele Ansteckungen, der Ort war ebenso betroffen. Man konnte auch dort die Fiebernden einfach nur pflegen und hoffen, dass die Behandlung mit Kräutertees und Wickeln anschlagen würde. Einige der Erwachsenen wurden vom Arzt zur Ader gelassen. Davon versprach man sich eine gewisse Erleichterung.

Pastor Fliedner fand an diesem Tag keine Zeit, um selbst zur Adventsandacht ins Waisenhaus zu kommen. Lina setzte sich ans Klavier und stimmte das Lied an. Es war die fünfte Strophe des Liedes, das sie nun schon so oft gesungen hatten, die wie Balsam in Annas Herz fiel: „Nichts, nichts hat dich getrieben zu mir vom Himmelszelt, als das geliebte Lieben, womit du alle Welt in ihren tausend Plagen und großen Jammerlast, die kein Mund kann aussagen, so fest umfangen hast."

Gekommen in die Not dieser Welt, aus reiner Liebe. Und: mächtig, alles in seinen Händen zu halten. Sie spürte, wie sich ihr Herz nach diesem Jesus sehnte, auch von ihm umfangen und geliebt zu sein. Dass er Schwester Ruth umfing, das konnte sie glauben. Aber galt das auch für sie? Sie, die heute Nacht Helene angeschrien und auch noch zur Seite gestoßen hatte. Wenn sie nicht Angst vor den Konsequenzen gehabt hätte, hätte sie das Mädchen bestimmt geschlagen. Sie sagte sich, dass Helene doch nur ein Kind war. Sie hatte sich um Sophie gesorgt und war deshalb so zornig geworden. Warum hatte sie nicht einfach sanftmütig und bestimmt reagieren können? *Eigentlich müsste ich mit Fieber und Grippe drüben im Krankenhaus liegen,* dachte sie. *Ich hätte es verdient. Aber Schwester Ruth – oder Marie oder Sophie … niemals.*

„Der Paul schreibt einen Brief an die Anna!“ Karl Wagner konnte es kaum fassen. Ein Brief aus Amerika! Der verrückte Kerl hatte es doch tatsächlich über den Atlantik geschafft und hatte sogar eine Adresse. Annas Vater kratzte sich am Kopf. „Hast du so etwas schon mal gesehen?“ Er betrachtete den Umschlag eingehend von allen Seiten und reichte ihn dann seinem Bruder hinüber, mit dem er gerade vor dem Haus am Holzhacken war. „Soll ich ihn verschwinden lassen? Anna ist doch sowieso fort.“

Ernst nahm den Umschlag, warf einen Blick darauf und gab ihn zurück. Er runzelte unwillig die Stirn. „Da meint es wohl jemand ernst, oder? Trau deiner Tochter doch mal was zu, Karl! Gönnst du ihr kein bisschen Glück? Schick ihr den Brief an den Rhein! Wieso soll sie aus lauter Verzweiflung am Ende noch Diakonisse werden?“ „Immerhin wäre sie versorgt“, brummte Karl, aber es klang nicht ganz überzeugt. Sein Bruder schnaubte. „Du klingst wie einer dieser Väter, die früher ihre Töchter ins Kloster steckten. Karl, denk doch mal nach! Die Sophie hat damals eine echte Berufung gehabt, als sie ging. Wenn aber deine Anna keinen solchen Ruf von Gott hat, wird sie weder eine gute noch eine glückliche Diakonisse werden. Lass sie das doch selbst entscheiden.“ Er dachte einen Moment nach und zwinkerte dann seinem Bruder zu, bevor er wieder zur Axt griff: „Wenn die Anna tatsächlich ein neues Leben in Amerika anfangen sollte, vielleicht gibt es am Ende sogar noch eine Zukunft da drüben für uns?“

Jetzt musste auch Karl grinsen. „Eines ist jedenfalls sicher: Martha wird rasen vor Wut beim Gedanken, sie müsste jetzt auch noch über den Großen Teich. Also gut, wenn du meinst. Dann soll die Anna den Brief erst mal bekommen."

Die kleine Marie verlor den kurzen Kampf gegen die Krankheit. Anna hielt die weinende Elsa im Arm. „Jetzt ist sie bei ihrer Mama", schluchzte das Mädchen, „nicht wahr, Tante Anna? Weißt du noch, wie sie dich ‚Mama' genannt hat? Vielleicht wusste sie ja schon, dass sie sterben würde!"

Anna streichelte sie stumm. Natürlich war Marie jetzt im Himmel. Niemand schien das zu bezweifeln. Anna hoffte es von ganzem Herzen. Wenn Jesus die Kinder so liebte, wie es in der Bibel stand, würde er sie mit offenen Armen empfangen. Eine dunkle Angst wehte sie an. Was wäre, wenn sie selbst sich jetzt doch noch ansteckte und starb? Wie konnte man wissen, dass man dann zu Jesus ging? Würde der Tod nicht für sie wie ein schwarzes, finsteres Loch sein? Sie hatte gelesen, dass danach das Gericht kam. Ein gerechter Gott, dem nichts entging, würde ihr Leben, Denken und Handeln beurteilen. Konnte man irgendwie gut genug werden, um bei Gott angenommen zu sein? Aber wie? Anna wusste mit Bestimmtheit, dass sie das niemals erreichen würde.

Pastor Fliedner fand so tröstliche Worte bei der Beerdigung. Er erinnerte sie an die Verse der beiden letzten Tage, die Jesus als den guten Hirten verheißen und beschrieben hatten, Jesaja 40,10 und 11: „Siehe, was er gewann, ist bei ihm, und was er sich erwarb, geht vor ihm her. Er wird seine Herde weiden wie ein Hirte. Er wird die Lämmer in seinen Arm sammeln und im Bausch seines Gewandes tragen und die Mutterschafe führen.“ Vor ihrem inneren Auge sah Anna die kleine Marie im Arm des guten Hirten liegen, der sie über eine blühende Wiese trug. Völlig geborgen hatte sie ihre Arme um seinen Hals geschlungen. Es war ein Bild des Friedens.

„Ich vermisse sie so“, weinte Elsa abends, als Anna sich auf ihren Bettrand setzte, um mit den Kindern zu beten, „sie war meine Freundin. Wir sind fast am selben Tag ins Waisenhaus gekommen.“ Anna streichelte ihr Haar. Was konnte sie trösten? Sie dachte an das Bild, das ihren eigenen Schmerz gelindert hatte. „Schau, Elsa, Marie liegt im Arm vom Herrn Jesus. Sie ist wie ein krankes Schäfchen. Der Doktor und die Schwestern im Krankenhaus konnten ihr nicht helfen, da hat der gute Hirte sein armes Schäfchen geholt und es auf seine wunderschöne Weide gebracht.“ Elsa nickte. „Ich weiß, Tante Anna. Aber ich bin trotzdem so traurig! Und wenn jetzt noch Schwester Ruth stirbt! Dann ist niemand mehr da.“ Der Stich der Eifersucht tat Anna weh, aber sie konnte Elsa verstehen. Alle Kinder hier, so klein sie waren, hatten doch schon die Menschen verloren, die ihnen am nächsten waren. Sie selbst war nur Ersatz. Weil sie nicht wusste, was sie sonst tun konnte, blieb sie sitzen und streichelte Elsas Haar, bis sie sich schließlich auf die Seite drehte und ruhig zu atmen begann.

Es waren die täglichen Verse, die Anna durch diese Woche trugen. Sie sagte sich immer, dass sie ja eigentlich für die Kinder da seien, aber die Worte öffneten eine Tür zu einem Raum in ihrem Inneren, von dem sie vorher nichts gewusst hatte. In Psalm 40,9 lasen sie, was Gott sich von seinen Menschen wünscht – nicht Opferkult, sondern ein Herz, das freudig bereit ist zu tun, was Gottes Willen entspricht. „Deinen Willen, mein Gott, tue ich gern und dein Gesetz hab ich in meinem Herzen." Genau diese Hingabe konnte Anna in dem erkennen, was Jesus getan hatte.

Jesus hatte sein Leben freiwillig für die Menschen hingegeben. Wie war das möglich? Er war doch auch ganz Mensch gewesen. Hatte er nicht schreckliche Angst gehabt? Und so viele hatten ihn abgelehnt. Er war verraten, verleumdet und verlassen worden. Wie konnte Jesus auch für diese Menschen sterben? Anna spürte, dass sie sich dem Geheimnis näherte. War Jesus auch für die gestorben, die es einfach nicht schafften? Der Schlüssel zu ihrem eigenen Leben schien zum Greifen nahe.

Am Tag darauf war tatsächlich schon der dritte Advent. Der Morgen begann mit einer wunderbaren Überraschung: Sophie Kohm kehrte aus dem Krankenhaus zu ihnen zurück. Nach dem Frühstück stand sie auf einmal in der Tür, schmal geworden und sehr blass, noch lange nicht ganz gesund – aber sie war wieder da. Anna spürte erst jetzt, wie viel Angst sie gehabt hatte, auch dieses Kind werde noch sterben. Die Mädchen drängten sich um Sophie und wollten sie alle zugleich umarmen, fühlen, dass sie wirklich wieder da war. Ihre Schwester Agnes, die sie aus dem Krankenhaus hatte abholen dürfen, wehrte die anderen ab: „Seht ihr nicht, wie müde sie ist?"

Sophie wurde in eine Decke gehüllt und in Schwester Ruths bequemen Stuhl gesetzt. „So, Kinder, jetzt müssen wir uns ein bisschen beeilen", Lina klatschte in die Hände, „der Gottesdienst fängt bald an." Während die anderen Kinder gehorsam in den Flur gingen, um Schuhe und Mäntel anzuziehen, blieb Helene neben der Kranken sitzen. „Ich bleibe derweil bei Sophie, Tante Lina", sagte sie, „ich passe gut auf sie auf. Dann muss niemand von euch ihretwegen den Gottesdienst versäumen." Lina nickte arglos. „Das ist lieb von dir, Helene."

Anna war damit beschäftigt, den Kleineren beim Binden der Schuhe zu helfen. Als Lina ihr von Helenes hilfsbereitem Angebot erzählte, stieg ein mulmiges Gefühl in ihr hoch. *Du übertreibst,* wies sie sich selbst zurecht. *Natürlich freut sie sich, endlich wieder einmal ungestört Zeit mit ihrer Freundin zu verbringen. Sei nicht so misstrauisch.*

Im Gottesdienst herrschte eine fröhliche Atmosphäre. Der Höhepunkt der Grippewelle schien überwunden und es waren nur noch zwei Wochen bis Weihnachten. Anna überlegte, dass sie allmählich kleine Geschenke anfertigen sollten. Sie hatte bereits weißes Leinen zu Taschentüchern zugeschnitten und schon vor etlichen Wochen mit Schwester Ruth zusammen geplant, den Mädchen Hohlsaumstickerei beizubringen.

Bisher war sie nicht dazu gekommen, aber nun würde es Spaß machen, mit ihnen zusammenzusitzen und etwas Schönes zu arbeiten. Vielleicht, so dachte sie, würden die Mädchen staunen, was Anna konnte. Sie könnte ihr eigenes Band zu ihnen knüpfen und sie würden zu ihr aufschauen wie zu Schwester Ruth. Es war Annas eigene Idee gewesen. Schwester Ruth hatte anfangs begonnen, über Weihnachtsgeschenke für die Angehörigen der Kinder zu sprechen. Die meisten von ihnen hatten wenigstens noch entferntere Verwandte. Alte, gebrechliche Großmütter oder Tanten, deren Haus schon voller hungriger Münder war. Einige davon würden zu Besuch kommen oder das eine oder andere Kind über die Feiertage sogar zu sich holen. Anna erinnerte sich sofort an Nachmittage im Schulhaus, die sie selbst erlebt hatte. Ihre Lehrerin hatte die Mädchen der höheren Jahrgänge an freien Samstagnachmittagen eingeladen und ihnen das Hohlsaumsticken beigebracht. Es waren wunderschöne Stunden gewesen, richtig heimelig und gemütlich. Mit liebevoller Geduld hatte die Lehrerin, eine ältere unverheiratete Frau, sich ihnen zugewandt, ihnen ihre Zeit geschenkt, sie am warmen Ofen mit eigenem Tee, Plätzchen und Äpfeln bewirtet und nicht an Lob für ihre Mühe gespart.

Ein warmes Gefühl stieg in ihr auf. Genauso würde sie es machen. Sie würde den Kindern eine glückliche Erinnerung schaffen. Elsa, die neben ihr saß, stieß sie an: „Schau doch mal, Tante Anna! Da oben sitzt Schwester Ruth!“ Der Kirchsaal für die Diakonissen war so gebaut worden, dass auch die Kranken nach Möglichkeit am Gottesdienst teilnehmen konnten. Hinter den Bänken für die Mitarbeiter der Anstalt konnten die weiblichen Patienten sitzen, während eine Etage darüber eine Art Loge für die Männer gebaut worden war, die sie direkt von ihrer Station aus betreten konnten. Außerdem konnten die Kranken, die ihr Zimmer noch nicht verlassen konnten, durch zwei große Fenster zuschauen. Hinter der einen Scheibe saß tatsächlich Schwester Ruth in einem Lehnstuhl. Als Elsa halb aufsprang und ihr wild winkte, hob sie ebenfalls den Arm und lächelte ihr zu. „Schwester Ruth!" Anna legte warnend den Finger auf die Lippen, aber auch die anderen Kinder waren aufmerksam geworden, winkten und tuschelten durcheinander, bis die Orgel einsetzte und sie übertönte.

Als sie zurück ins Waisenhaus kamen, stürmten gleich einige Mädchen auf Helene und Sophie zu. „Wir haben Schwester Ruth gesehen! Sie hat uns gewinkt! Bestimmt ist sie bald wieder bei uns!" Helene wechselte einen Blick mit Sophie: „Da werden wir ihr ja viel zu erzählen haben." Sie lächelte still vor sich hin – und beides, die eigenartige Betonung des Wortes „viel" und ihr Gesichtsausdruck dabei, ließen Anna nichts Gutes ahnen. Irgendetwas hatte das Mädchen vor. Aber Sophie? Sollten die beiden jetzt gemeinsam etwas ausbrüten? Sie hatte keine Zeit, weiter darüber nachzudenken. Das Mittagessen musste auf den Tisch. Anschließend wollte sie anfangen, ein paar Mädchen die neue Sticktechnik zu zeigen. „Bald kocht wieder Schwester Ruth", freute sich die kleine Emilia, „ich mag so gerne, wenn Schwester Ruth das Mittagessen kocht."

*Es ist nur eine harmlose Bemerkung,* sagte sich Anna. *Sei nicht so eifersüchtig. Du magst sie doch selbst. Sie hat jahrzehntelange Erfahrung in diesem Dienst und kennt alle Kinder von Anfang an. Sie ist ihre Mutter im Waisenhaus. Nimm doch nicht jede Bemerkung persönlich.* Lina lachte unbefangen und fing ein Gespräch über das Weihnachtsessen an, an dem sich die Kinder lebhaft beteiligten. Immer wieder aber kamen sie dabei auf Schwester Ruth zu sprechen. Jetzt, wo sie wussten, dass sie gewiss wiederkommen würde, kannte ihre Freude kein Halten mehr. Welche Angst sie gehabt haben mussten, auch sie zu verlieren!

Nach dem Abwasch holte Anna den vorbereiteten Stoff, Nadeln und Faden und erklärte den Mädchen ihr Vorhaben. Lina erbot sich, derweil mit den Jüngsten einen Spaziergang zu machen. Zuerst waren die Großen auch ganz dabei. Anna zeigte ihnen ein fertig umsäumtes Tuch. „Ich mache eines für Schwester Ruth", sagte Agnes sofort, „so etwas Schönes gefällt ihr sicher." Andere Mädchen wollten eines für ihre Tanten oder die alte Großmutter anfertigen, die sie über die Weihnachtstage besuchen würden. Annas Anspannung ließ nach. Der Nachmittag schien genauso zu verlaufen, wie sie es sich gewünscht hatte: ruhig, gemütlich, ein richtiger Adventssonntag. Die Handarbeit erwies sich allerdings bald als kniffliger, als die meisten es sich vorgestellt hatten. Die richtigen Fäden mussten aus dem Stoff herausgezogen werden, damit die Lochreihe nicht an einer Stelle war, an der sie nicht sein sollte. Anna ließ es die Mädchen erst einmal an einem kleinen Stück

Stoff probieren. Sie hatte sich alles genau überlegt. Die Kinder sollten Freude am Sticken bekommen. Das dauernde Schimpfen ihrer Mutter zu Hause hatte sie noch sehr gut im Ohr und ebenso ihre eigene Verzweiflung, weil sie nie mit ihr zufrieden gewesen war. Sie wollte anders sein.

Aus dem Augenwinkel konnte sie beobachten, dass Helene nicht zu denen gehörte, denen die Arbeit leicht von der Hand ging. Gerade sammelte sie Mut und überlegte, wie sie sie möglichst aufmunternd ansprechen sollte, da warf das Mädchen Stoff und Nadel bereits auf den Tisch. „So etwas kannst auch nur du dir ausdenken, Tante Anna", fauchte sie und sprang auf, „Schwester Ruth hätte sich etwas Besseres überlegt! Du willst uns einfach immer nur quälen, sonst gar nichts." Anna wurde rot. „Wie kannst du es wagen, so unglaublich frech zu sein!", entfuhr es ihr, bevor sie nachdenken konnte. Ihr Ton war nicht weniger aufgebracht als der von Helene. Nun hatten auch die anderen Mädchen ihre Arbeit niedergelegt. Helene verschränkte die Arme vor der Brust. „Du kannst mich ja bestrafen, Tante Anna", sagte sie laut und herausfordernd. Ihr Gesicht glühte ebenso wie Annas. Breitbeinig stand sie da und zitterte vor Wut. „Aber tu es nur hier vor allen anderen, damit sie sehen, wie du wirklich bist. Du kannst mich ja schubsen wie in der Nacht, als Sophie so krank war und du dich einfach nicht um sie gekümmert hast! Mach es doch, wenn du dich traust."

Anna war fassungslos. Die anderen Mädchen wagten sich nicht zu rühren. Mit großen Augen starrten sie auf die beiden.

In diesem Moment ging die Tür auf. Es war niemand anderes als Schwester Ruth. Das liebevolle Lächeln auf ihrem Gesicht erstarb, als sie die Szene mit einem Blick erfasste. „Was ist denn hier los?“ Das Durcheinander und der Lärm, die einsetzten, waren unbeschreiblich. Die Mädchen stürzten auf ihre Leiterin zu und hätten sie am liebsten alle gleichzeitig umarmt. Sie warfen sich auf sie wie auf eine rettende Boje. Schwester Ruth richtete sich auf, so gut es ihr möglich war, und schob die Kinderarme sanft, aber bestimmt von sich. „So, Kinder“, sagte sie. Ihre Stimme war müde, aber fest: „Ich werde mich jetzt für eine halbe Stunde in mein Zimmer zurückziehen und mich ausruhen. Ihr werdet verstehen, dass ich eine solche Art von Empfang nicht erwartet habe. Danach werden wir klären, was hier Unbegreifliches vorgefallen ist. Agnes, wenn du so freundlich bist und mir meine Tasche trägst. Ihr anderen räumt das Zimmer ordentlich auf. Anna, koche doch zur Feier des Tages einen Kakao für uns alle. Danach kannst du einen kleinen Spaziergang machen.“

Kein Zweifel, das Haus hatte seinen Mittelpunkt wieder: Schwester Ruth mit ihrer Souveränität, ihrer Sicherheit und ihren klaren, präzisen Anweisungen. Annas Hände zitterten, als sie am Herd hantierte, um zu tun, was man ihr aufgetragen hatte. Sie war wie betäubt, unfähig zu denken. Alles war zerstört. Es war vorbei. Die Tür öffnete sich. Lina kam herein. Sie begann wortlos, Tassen auf ein Tablett zu stapeln und vermied es dabei, Anna anzusehen. *Sie ist entsetzt,* dachte Anna. Nachher werden alle anderen im Schlafsaal Bescheid wissen.

Niemals würde sie eine von ihnen sein. Eine Kleinkinderschullehrerin. Was hatte sie sich eigentlich gedacht? Hatte sie wirklich ernsthaft erwartet, aus ihr, Anna, könne etwas werden? *Du wirst nie etwas anderes sein als eine Magd,* dachte Anna bitter. *Wenn dich jemand nimmt.*

Lina deutete auf den Herd. Die aufkochende Milch quoll schon fast über den Rand. Anna zerrte den Topf gerade noch rechtzeitig vom Feuer. Ein paar Tropfen zischten und verbreiteten einen brenzligen Geruch. Als sie den großen Krug aus dem Schrank holte, zitterten ihre Hände so sehr, dass sie ihn fast nicht festhalten konnte. „Ich kann einschenken", sagte Lina. Sie sah immer noch starr an Anna vorbei. „Geh ruhig."

Anna ging durch den Flur, um Schuhe und Mantel zu holen. Sie konnte die Kinderstimmen im Zimmer hören. Als sich Schritte der Tür näherten, riss sie den Mantel vom Haken und entfloh. Vor der Haustür blieb sie unschlüssig stehen. Wo sollte sie nur hingehen? Es war Sonntag. Wer vom Anstaltspersonal frei hatte, war vielleicht auf einem gemütlichen Spaziergang unterwegs, zumal es gerade nicht regnete. Wie konnte sie in dieser Situation jemandem unter die Augen treten? Im Laufen zog sie den Mantel an und schlug schließlich den Weg zum Rhein ein. Nur weg. Sie konnte ein bisschen herumlaufen und sich dann möglichst ungesehen in den Schlafsaal schleichen, um ihre Sachen zu holen. Und dann? Wo konnte sie hin an einem Sonntagnachmittag? An die Tür eines großen Hauses klopfen, vielleicht in Düsseldorf, und nach Arbeit fragen?

Wo würde sie die Nacht verbringen? Von dem Geld, das sie für ihre Arbeit bekam, hatte sie bisher nichts ausgegeben. Wie lange würde es reichen? Zurück nach Vaihingen? Und dann? Wie würden die Eltern sich schämen, dass sie ihre Chance nicht genutzt hatte! Und – ihr früheres Zuhause gab es ja gar mehr.

Sie dachte an die erleuchteten Fenster, an denen sie vorbeigekommen war. Der Schein des Kerzenlichtes verhieß Behaglichkeit und geborgenes Beisammensein. Nur sie war ausgeschlossen. Sie würde es immer sein. *Ich könnte genauso gut tot sein,* dachte sie. *Das wäre vielleicht die einfachste Lösung für alle. Ich könnte die Grippe bekommen und sterben wie Marie. Dann wäre alles vorbei.* Sie müsste nur lange genug in der Kälte herumlaufen. Inzwischen konnte sie schon das Rheinufer sehen. Der Wind blies scharf und drang eisig durch den Mantelstoff. Ihre Füße waren jetzt schon kalt. Sie spürte, wie müde sie war. Würde es auch reichen, sich einfach lange genug irgendwo hinzusetzen?

Am Ufer fand sie eine einsame Bank. Anna sank darauf nieder, zog die Füße an und wickelte den Mantel um sich. Das Wasser war ebenso grau wie der Himmel. Schwere Wolken zogen eilig dahin. Sie würden noch mehr Regen bringen oder vielleicht auch Schnee. Kalt genug war es. Ihr Atem stand ihr vor dem Mund wie eine Wolke. Sie blickte auf die dahinströmenden Wellen. Genauso würde auch das Leben im Waisenhaus einfach weitergehen, wenn sie nicht mehr da war. Sie brauchten sie nicht. Niemand brauchte sie. Sie genügte einfach nicht. Nicht ihren Eltern, auch nicht Paul, sonst hätte er doch mehr um sie gekämpft. Und nun genügte sie auch nicht hier in Kaiserswerth. Sie würde nie genügen. Dem heiligen Gott schon gar nicht.

Dann wieder glommen Hass, Wut und Schmerz heiß in ihrem Herzen auf. War es nicht eigentlich Helene, die alles kaputtgemacht hatte? Die sie belogen und verleumdet hatte, weil sie sie aus irgendeinem Grund ablehnte und verachtete? Wieso musste auch so eine Helene im Waisenhaus sein und nicht einfach nur Sophies, Maries und Elsas? Sie hatte sich doch so viel Mühe gegeben. Sie hatte gearbeitet bis zur Erschöpfung. Wieso gelang ihr denn nie etwas? Im Grunde war *sie* doch das Waisenkind. Die Kinder im Waisenhaus hatten wenigstens Gott als Vater. Sie dagegen war allenfalls sein Stiefkind. Die Magd.

---

„Wo bleibt denn nur Anna?“ Schwester Ruth stand in der Küchentür. Lina dachte bei sich, dass die Heimleiterin in ihrem Zimmer nicht wirklich zur Ruhe gekommen sein konnte. Sie war bleich und die Nase stach ungewohnt scharf aus ihrem schmal gewordenen Gesicht. Mit einer Hand stützte sie sich am Türrahmen ab. Aber ihre Augen waren hellwach und voller Sorge. Die junge Erzieherin schüttelte den Kopf. „Ich weiß es nicht. Ich dachte, ein kurzer Spaziergang würde ihr guttun." Der Gesichtsausdruck von Schwester Ruth beunruhigte sie. Ihr Gewissen schlug. Sie hatte in der Zwischenzeit mit den Kindern den Kakao getrunken und ein wenig aufgeräumt. Jetzt warf sie einen Blick zum Fenster. Das blasse Licht des kurzen Winternachmittags wurde bereits von der Dämmerung verschluckt. In Kürze würde es vollständig finster sein. Anscheinend war die Zeit schneller vergangen, als ihr bewusst gewesen war. Sie gestand sich ein, dass sie nicht wirklich darüber nachgedacht hatte, wie es in Anna aussah und wie das Ganze sie womöglich mitgenommen hatte. Jetzt sah sie wieder Annas zitternde Hände vor sich, wie sie fast den Kakao nicht hatte kochen können. Sie selbst war nur darauf bedacht gewesen, den Frieden und die Harmonie bei den Kindern wiederherzustellen. Anna war in ihren Augen nur eine ungelernte Aushilfe, auch wenn sie sie recht gernhatte. Von Schwester Ruth kam ein zittriger Seufzer. Sie ließ sich auf den Küchenhocker fallen und barg einen Moment das Gesicht in den Händen. Dann richtete sie sich entschlossen wieder auf: „Ich hätte es wissen können. Anna ist so unsicher. Sie hält nicht viel von sich. Ich hätte mich gleich um sie kümmern sollen." Sie runzelte die Stirn. „Ich brauche dich hier, Lina. Ich schaffe es noch nicht wieder allein mit den Kindern. Aber laufe erst schnell zu Schwester Sophie Wagner hinüber in die Diakonissenanstalt. Egal, was sie auch gerade tut oder wo sie steckt, finde sie. Lass dich auf keinen Fall abwimmeln. Erzähl ihr, was passiert ist. Sie soll nach Anna suchen, auf der Stelle. Wenn sie auch sonst niemandem von uns vertraut – Sophie ist immerhin ihre Tante. Gott weiß, wo das Kind steckt. Bete, Lina!“

„Anna!“, rief eine atemlose Stimme hinter ihr, „bist du das?“ Anna fuhr herum. Eine kleine, etwas untersetzte Gestalt in der Kleidung der Diakonissen näherte sich. Der Wind wehte den schwarzen Mantel um ihre Knöchel. Tante Sophie! Die Tante ließ sich keuchend neben Anna auf die Bank fallen und umarmte ihre steife Gestalt. „Gott sei Dank! Weiter hätten mich meine müden Füße nicht mehr getragen. Kindchen, wie gut, dass ich dich gefunden habe.“ Anna zitterte und versuchte, einen klaren Gedanken zu fassen. Sie schwieg. Wenn Tante Sophie sie gesucht hatte, wusste sie wohl schon alles. Klar, sie hatte sich sicher verantwortlich gefühlt. Schließlich war es ja ihre Idee gewesen, ihre Nichte fürs Waisenhaus zu empfehlen …

„Es tut mir so leid, Anna. Ich hätte mich viel mehr um dich kümmern müssen. Es war alles so viel in den letzten Wochen und nun auch noch die Grippe.“ Sophie stockte, blickte kurz zum Himmel und fuhr mit fester Stimme fort: „Kind, du zitterst wie Espenlaub. Wir bringen dich jetzt erst mal heim. Du brauchst einen Tee und einen warmen Ofen.“ Anna erstarrte und schüttelte so verzweifelt den Kopf, dass ihre Mütze verrutschte: „Niemals gehe ich zurück ins Waisenhaus.“ Tante

Sophie nahm ihre Hand in ihre warme. „Nicht doch. Wir gehen zu mir.“ Inzwischen war Anna so durchgefroren und so müde, dass ihr fast alles egal war. Nur nicht zu Schwester Ruth – oder schlimmer noch, zu Pastor Fliedner oder seiner Frau.

In Tante Sophies kleinem Zimmer bullerte ein Ofen. Sie lief geschäftig hin und her, nötigte ihre Nichte in den einzigen bequemen Stuhl und brachte eine gestrickte Decke. Ächzend kniete sie nieder und wickelte Annas Füße in eine zweite Decke, bevor sie wieder hinauseilte und mit einer dampfenden Tasse wiederkam. Ihre Fürsorglichkeit war rührend, aber in Anna weckte sie nur Argwohn. War das der Abschied? Wollte ihre Tante sie einfach mit Würde und Anstand wegschicken? Aber wie wundervoll es war, die Zehen wieder zu spüren! Sie nippte an dem Tee, auch wenn er ihr die Zunge verbrannte. Tante Sophie beobachtete sie mit wachen Augen. „So“, sagte sie. Anna wappnete sich. „Was weißt du über Helene?“

Was sollte jetzt diese Frage? Anna schüttelte den Kopf. „Sie mag mich nicht, das weiß ich. Und jetzt hat sie es geschafft, mich loszuwerden.“ Tante Sophie wischte die letzte bittere Bemerkung mit einer Handbewegung vom Tisch. „Sie ist ein Kind, Anna, keine Intrigantin. Ich erinnere mich an Helene, als sie kam. Das war vor etwa zwei Jahren. Sie hatte Angst vor allem und jedem. Vielleicht weiß Schwester Ruth genauer, was sie alles in ihrem kurzen Leben durchgemacht hat. Es wäre sicher gut gewesen, du hättest mehr über ihre Geschichte gewusst, aber Schwester Ruth hat nicht bedacht, dass sie plötzlich krank werden und dich alleinlassen würde. Sie war wahrscheinlich der erste Mensch, der Helene freundlich und liebevoll behandelt hat, egal, wie sie sich aufgeführt hat – und sie könnte dir jetzt sicher viele Momente berichten, in denen Helene in der ersten Zeit explodiert ist."

„Ich wollte ihr doch nicht wehtun", flüsterte Anna. Sie konnte die angestaute Tränenflut nicht mehr zurückhalten. „Ja, ich war wütend, weil sie gelogen und mich vor den Mädchen und vor Pastor Fliedner bloßgestellt hat. Dann hat sie mich angeschrien, obwohl ich doch alles versucht habe! Ich wollte es ja nur gut machen … Was denkst du, was meine Mutter mit mir gemacht hätte, wenn ich jemals gewagt hätte, so mit ihr zu reden, wie Helene das mit mir getan hat! Es war doch nur ein einziger Moment!" Tante Sophie nickte verständnisvoll: „Unter Druck kommt halt aus dem Kessel heraus, was drin ist."

Anna schwieg. Der Vergleich barg eine schmerzhafte Wahrheit. Sie hatte so reagiert, weil sie bis obenhin voll Ärger, Selbstmitleid und Überforderung war. Sie hatte sich fast so verhalten, wie ihre Mutter das getan hätte. Die ruhige, bestimmte Art von Schwester Ruth konnte sie nur so lange einigermaßen kopieren, wie sie geborgen unter ihrer Anleitung hatte arbeiten können. Aber der Jähzorn hatte die Oberhand gewonnen. Ihre Tante sprach weiter. Ihr Ton war sanft: „Du hast nicht bedacht, was es auslöst – und du hast dich auch nicht bei ihr entschuldigt." Das war eine sachliche Feststellung. Kein Vorwurf lag darin. Dennoch wallte in Anna wieder der Zorn auf, verbunden mit dem Wunsch, sich zu rechtfertigen.

„Ich war ganz allein! Ich habe gearbeitet und gearbeitet, um alles irgendwie am Laufen zu halten! Darf man denn nicht ein einziges Mal etwas falsch machen?“ Sie stieß die Decken zur Seite und sprang auf. Ihre Tante blieb auf dem Fußschemel sitzen, den sie sich herangerückt hatte. „Hiergeblieben“, sagte sie streng. „Ich bin dir nicht auf meinen müden Füßen bis an den Rhein nachgegangen, damit du jetzt davonläufst. Hast du schon den Vers für heute gelesen?“ Wer könnte jetzt an einen Bibelvers denken?! „Noch nicht.“ „Wie ging es dir mit den Verheißungen bisher?“ Anna zwang ihre Gedanken zurück. In ihr wirbelte alles durcheinander. Sie wollte jetzt nicht über Bibelverse reden. „Sie sind wunderschön“, sagte sie schließlich widerwillig, „aber sie sind auch wieder nur für die anderen. Wie könnte Jesus so jemanden wie mich annehmen?“ Tante Sophies Augen forschten in ihren. „Möchtest du das denn?“ Annas Augen füllten sich erneut mit Tränen. „Niemand will mich, Tante Sophie. Die Eltern haben mich fortgeschickt. Ich falle ihnen nur zur Last. Mein … mein Freund hat mich im Stich gelassen. Und hier … hier … ach, ich werde niemals eine Kleinkinderschullehrerin werden.“

Tante Sophie stand auf und holte eine zerlesene Bibel vom Regalbrett. Sie blätterte im Stehen und hatte im Nu gefunden, was sie suchte. „Hier. Lies mir das vor.“ Anna hatte keine andere Wahl, als das Buch entgegenzunehmen und den unterstrichenen Vers zu lesen: „Fürwahr, er trug unsere Krankheit und lud auf sich unsere Schmerzen. Wir aber hielten ihn für den, der geplagt und von Gott geschlagen und gemartert wäre. Aber er ist um unserer Missetat willen verwundet und um unserer Sünde willen zerschlagen. Die Strafe liegt auf ihm, auf dass wir Frieden hätten, und durch seine Wunden sind wir geheilt" (Jesaja 53,4–5).

„Du weißt, von wem der Prophet spricht, oder?", wollte Sophie wissen. „Gestern hattet ihr den Vers, wo vorausgesagt wird, dass Jesus bereitwillig und gern den Willen des Vaters tut und für uns in diese Welt kommt. Die Zeiten gerade sind schwer. Aber die Welt, in die Jesus damals in Bethlehem hineingeboren wurde, war nicht besser. Er kam in bittere Armut, in ein Land, das besetzt und hart bedrückt war. Gleich nach seiner Geburt mussten seine Eltern mit ihm in ein anderes Land fliehen, weil der König ihn umbringen wollte. Jesus wusste das, als er die Herrlichkeit Gottes verließ. Aber er wollte es tun, damit wir Menschen gerettet werden können und nicht verloren gehen. Er wusste, dass er der Einzige war, der sie retten konnte, weil er allein heilig und ohne Sünde ist. Niemand sonst – kein einziger Mensch ist gut genug für Gott."

Annas Tränen begannen wieder zu fließen. „Aber hier in Kaiserswerth sind doch alle gut." Tante Sophie lachte auf. Es war ein herzliches, unbefangenes Lachen. „Ach, Anna!" Dann wurde sie wieder ernst. „Unsinn, Kind. Glaubst du, dass die Sünde vor der Tür einer Diakonissenanstalt kehrtmacht? Ich bin seit acht Jahren hier und hier ist mein Platz. Aber hier arbeiten Menschen, keine Heiligen. Vollkommen sind wir erst im Himmel." Sie begann wieder zu blättern. „Schau, was Jesus selbst zu dir sagt: ‚Wer zu mir kommt, den werde ich nicht hinausstoßen‘ (Johannes 6,37b). Du musst nur kommen. Er steht da mit geöffneten Armen und wartet auf dich.“ Anna beschloss, schonungslos ehrlich zu sein. Allzu lange hatten die Fragen an ihr genagt. „Ja, Jesus. Er ist ja Gottes Sohn. Er muss ja – sozusagen. Aber verstehst du, Tante Sophie, ich will auch einmal ausgewählt werden, weil ich es wert bin. Weil jemand gerade mich will.“ Sie konnte nicht aufhören zu weinen. Ihre Nase war verstopft und ihr Kopf schmerzte zum Zerspringen, aber es musste einfach alles raus. Sie hatte ohnehin nichts mehr zu verlieren.

Ihre Tante stand auf, um ihr ein frisches gebügeltes Taschentuch aus der Schublade zu holen. „Anna, als du begonnen hast, alle diese Verse zu lernen und sie den Kindern lieb zu machen – da hast du gemerkt, dass Kraft in ihnen ist, nicht wahr? Es ist das lebendige Wort Gottes. Es wirkt wie ein Schwert, wie ein Feuer, wie ein Hammer – und ist zugleich ein kostbarer Schatz. Es hat dir gezeigt, dass du Gottes Vergebung brauchst. Und du sehnst dich danach, von ihm angenommen zu sein und sein Kind zu werden. Stimmt das?“ In ihrem Herzen schrie es: „Ja.“ Aber sie konnte nur flüstern. „Dann hör mir zu: Und nun spricht der Herr, der dich geschaffen hat, Anna, und dich gemacht hat: ‚Fürchte dich nicht, denn ich habe dich erlöst; ich habe dich bei deinem Namen gerufen; du bist mein! … Ich bin der Herr, dein Gott, der Heilige Israels, dein Heiland …, weil du in meinen Augen so wertgeachtet und auch herrlich bist und weil ich dich lieb habe‘ (Jesaja 43,1b.3). Glaubst du das?“

Anne konnte ihre Tante nicht ansehen. Stotternd brachte sie hervor: „Ja ... nein ... das heißt: Ich *will* es glauben. Ich will ja, aber ich traue mich nicht."

Jemand klopfte. Tante Sophie seufzte und eilte zur Tür. Anna versuchte, sich in ihrem Stuhl ganz klein zu machen. Schon war ihre Tante wieder zurück. „Das kann warten", sagte sie kurz. Sie seufzte erneut und setzte sich. Dann rutschte sie auf ihrem Höckerchen vor und nahm Annas Hände in ihre. „Mein kleines, verletztes Mädchen. Wir können ein anderes Mal über deine Enttäuschung mit diesem Mann sprechen und vor allem über deine Eltern. Sie haben ihre Geschichte, aber du hast deine. Sie darf anders weitergehen. Es darf alles neu werden. Schau, es mag sein, dass du als Magd arbeiten musst und die Menschen dich nur als eine solche ansehen – und dass sie dich nicht so achten, wie du es dir wünschst. Aber der lebendige Gott hat keine Knechte und Mägde, sondern nur Kinder, die er liebt – Kinder und obendrein Erben seiner Herrlichkeit. So sieht er dich an."

Es klang alles so schön. Wenn sie jetzt zurückging oder auf der Schwelle stehenblieb, warteten nur Scham, Schuld und Verzweiflung. Sie spürte es. Die Tür in ein neues, unbekanntes Leben war offen und sie konnte ein zartes Dämmerlicht am Horizont sehen. Anna konnte nur nicken und sich die Nase putzen. Dann war sie neben ihrer Tante auf den Knien und warf diesem Jesus ihre ganze Last vor die Füße. Sie hielt nichts zurück. Es war gut, jemanden neben sich zu haben, auch wenn sie sich schrecklich schämte, dass Tante Sophie so tief in die Abgründe ihres Herzens hineinschauen konnte. Jesus war auch für sie gestorben, um sie zu retten, um sie aus ihrer Verstrickung in Leid, Schuld und Scham herauszuholen. Er hatte sie gemeint. Er würde weiter mit ihr gehen. Sie war nicht mehr allein. Nie mehr.

„Wenn wir aber unsere Sünden bekennen, so ist er treu und gerecht, dass er uns die Sünden vergibt und uns reinigt von aller Ungerechtigkeit" (Johannes 1,9), zitierte ihre Tante neben ihr. „Gott möchte, dass du ganz gewiss weißt, dass du das ewige Leben hast, wenn du an seinen Namen glaubst. Du bist jetzt sein Kind und niemand kann dich aus seiner Hand reißen." Anna rührte sich nicht. Wenn sie doch immer hierbleiben könnte, in diesem Gefühl, wirklich geborgen und in Sicherheit zu sein. Und sie war so müde.

Ihre Tante hatte still neben ihr verharrt. Jetzt stand sie auf, leise ächzend. „Anna. Ich muss jetzt noch einmal los, aber du kannst heute Nacht hier schlafen. Das ist jetzt wahrscheinlich das Beste. Ich bringe dir noch eine Decke, dann müsste das auf dem Fußboden eigentlich gehen, so erschöpft wie du bist." Anna war so dankbar, nichts mehr zu müssen an diesem Abend. Sie konnte und wollte nicht weiterdenken als bis zu diesen vier Wänden um sie herum. Ihr ganzer Körper schmerzte vor Erschöpfung. Wenige Minuten später lag sie vor dem Ofen zusammengerollt und fiel in einen tiefen, traumlosen Schlaf.

Als Anna am nächsten Morgen erwachte, erinnerten dumpfe Kopfschmerzen sie als erstes daran, dass sie tags zuvor stundenlang geweint hatte. Auch ihre Augen fühlten sich geschwollen an und brannten. Dann drang es siedend heiß in ihr Bewusstsein, dass sie heute ins Waisenhaus gehen und Schwester Ruth – und wer weiß noch wem – Rede und Antwort stehen musste. Sie hatte keine Ahnung, wie es weitergehen würde. Aber zugleich war da ein Funke, der in ihrem Herzen aufglomm und der ebenso real war wie ihre Furcht: Sie war nicht mehr allein. Gott war bei ihr. Sie war sein Kind und er würde sie weiterführen, auf welchem Weg auch immer. Er würde sie nicht verlassen. Er hatte ihr Tante Sophie zu Hilfe geschickt, als es nicht mehr weiterging.

Sie richtete sich auf. Das Zimmer war leer, das Bett ordentlich gemacht. Sie fand eine gefüllte Waschschüssel und versuchte vergeblich, sich ein bisschen herzurichten. Ihr Kleid starrte am Saum von getrocknetem Lehm und wies auch sonst viele schmutzige Spritzer auf. Sie war noch dabei, die Flecken so gut wie möglich abzubürsten und auszureiben, als Tante Sophie hereinkam, ein Tablett in den Händen, das sie auf dem kleinen Tisch abstellte. Eine Tasse Malzkaffee und eine Schüssel Haferbrei. Anna merkte, wie ihr Magen knurrte und sie doch gleichzeitig einen dicken Kloß in der Kehle hatte. Sie umarmte ihre Tante. „Du bist so lieb zu mir!“ Tante Sophie streichelte ihre Wange. Anna dachte wehmütig, wie anders möglicherweise ihre Kindheit und ihr ganzes Leben bis jetzt verlaufen wären, wenn sie eine Mutter wie Tante Sophie gehabt hätte. Die Worte waren heraus, bevor sie noch nachgedacht hatte: „Ich wünschte, du wärest meine Mutter."

Die Diakonisse schob sie ein bisschen von sich und setzte sich in ihren Stuhl. Sie sah Anna aufmerksam an und schien einen Moment zu überlegen, bevor sie langsam sagte: „Wer seine Eltern ablehnt, lehnt sich selbst ab, Anna. Kannst du das verstehen? Sie gehören zu deiner Geschichte. Du wirst immer wieder an dir selbst Merkmale deiner Eltern entdecken, ob du willst oder nicht, ob es dein Äußeres ist oder die Art, wie du etwas tust. Du verdankst deiner Mutter aber auch deine geschickten Finger – das ist nur eine einzige, sehr äußerliche Sache. Da ist sicher noch mehr, wovon du nichts weißt. Vergiss das nicht. Denk darüber nach. Irgendwann musst du an den Punkt kommen, an dem du deinen Eltern vergibst, besonders deiner Mutter. Sonst wirst du immer wieder in dieselben Fallen tappen und so reagieren, wie du es auf keinen Fall möchtest. Es ist so, wie ich dir gesagt habe: Dein Leben darf anders aussehen als das, was sie dir vorgelebt haben. Ich wollte dich sehr gerne hier in Kaiserswerth haben und es tut mir von Herzen leid, dass es erst zu einer solchen Situation kommen musste, damit ich mir endlich Zeit für dich nehme. Ich bin die Schwester deines Vaters und ich liebe dich als meine Nichte. Und jetzt bist du auch noch meine Schwester in Jesus." Sie lächelte und Anna spürte ihre aufrichtige Zuneigung wie eine warme, sanfte Welle, die sie von Kopf bis Fuß überströmte. „So, und nun musst du essen, Anna! Du brauchst Kraft."

Als die Schüssel leer war, gab es keinen Aufschub mehr. Sie machte sich auf den Weg. Annas Knie zitterten, als sie im leeren Schlafsaal rasch ihr schmutziges Kleid mit einem frischen vertauschte, ihre Haare bürstete und sich eine Schürze umband. Was erwartete sie? Würde sie eine neue Chance bekommen? Tante Sophie hatte sich, was ihre Zukunft betraf, in Schweigen gehüllt. Vielleicht wusste sie es ja auch tatsächlich nicht. Wenig später stand Anna vor Schwester Ruth. Die Leiterin saß in ihrem Stuhl am Ofen, noch sichtlich mitgenommen von der überstandenen Krankheit. In der Küche hörte sie jemanden mit dem Geschirr hantieren.

„Lina ist da", erklärte die Diakonisse, „und eine Schwester aus dem Krankenhaus konnte kommen. Sie kümmert sich jetzt um die Kinder, die noch krank sind." Sie sah Anna an. „Setz dich." Sie sah ernst und besorgt aus. „Wir haben uns Sorgen um dich gemacht gestern. Als du nicht wiederkamst, haben wir dich suchen lassen." Sie seufzte. „Natürlich habe ich mit den Kindern gesprochen, mit Helene, mit Sophie und auch mit Elsa." Anna schluckte. „Ich wollte Helene nicht wehtun. Ich – ich war ärgerlich auf sie, weil ..." Schwester Ruth legte ihre Hand auf ihre. „Ich glaube dir. Es war eine schwierige Situation. Du warst überfordert. Dann können Dinge geschehen, die eigentlich nicht passieren sollten. Elsa hat erzählt, was in der Nacht los war, und wie du dich um Marie gekümmert hast. Und die Sache mit der Stickarbeit tut mir leid, Anna, wirklich. Das war ja eigentlich mein Fehler. Mir hätte klar sein müssen, dass es einige Mädchen gibt, die bisher kaum

Handarbeiten gemacht haben und ihren Frust an dir auslassen würden. Sie waren einfach überfordert", erklärte Schwester Ruth. „Du könntest übrigens gleich zu Helene gehen und die Sache klären. Sie liegt mit Fieber oben. Lass dich nicht entmutigen. Sie wird dich so lange prüfen, bis sie davon überzeugt ist, dass du es gut mit ihr meinst."

„Ich mache ihr eine heiße Milch", sagte Anna eifrig und ihr Herz begann schneller zu schlagen. In diesem Moment hätte sie für Helene die Sterne vom Himmel geholt. „Darf ich wirklich hierbleiben?"

Schwester Ruths Hand antwortete mit einem warmen Druck. „Ach Kind. Wir fallen alle und wir versagen alle. Das hört nie auf. Dann bekennen wir unsere Fehler und machen weiter, indem wir versuchen, es nächstes Mal besser zu machen. So einfach ist das."

Die Welt hatte sich verändert und auch wieder nicht. Die Arbeit blieb anstrengend, das Wetter grau und unwirtlich. Die Kinder bangten, je näher die Feiertage rückten, ob sie wohl Besuch bekämen oder jemand sie über die Feiertage abholen würde. Ob es da draußen noch einen Menschen gab, der an sie dachte. Sie waren unausgeglichen, mal übermütig, mal unleidlich. Erinnerungen stiegen in ihnen auf an frühere Weihnachtsfeste, als ihre Kinderwelt noch nicht zusammengebrochen war und Vater und Mutter noch lebten. Aber Anna merkte, dass etwas in ihr sich verändert hatte. Nicht jede unwirsche oder freche Bemerkung warf sie aus der Bahn. Sie fühlte sich nicht mehr ständig in Gefahr, Fehltritte zu begehen.

Es war, als wäre sie auf ein Fundament gestellt worden. Der Boden, auf dem sie sich bewegte, war fest. Gott hatte sie angenommen, sie, Anna Wagner, so wie sie war, mit ihrem Hintergrund, ihrer Herkunft, ihren Gaben. Sie war ein geliebtes Kind Gottes, das stand seit ihrer Aussprache mit Tante Sophie unverrückbar fest. Sie musste nicht dauernd um ihre Anerkennung kämpfen. Auch bei der schmutzigsten Arbeit blieb diese Würde. Nicht Magd, sondern Tochter.

„Das Mädchen hat Talent." Schwester Ruth hatte die Handarbeitslehrerin in der Nähschule aufgesucht und ihr Annas Arbeiten gezeigt. Schwester Christine betrachtete die verschiedenen Stiche lange und sorgfältig. „Akkurate Ausführung verschiedenster Techniken", stellte sie fest, „das verrät viel Übung und eine strenge Ausbildung." „Die hatte sie wohl", erwiderte die Heimleiterin trocken. „Und sie hat Freude daran, die Mädchen anzuleiten?" „Auf jeden Fall. Natürlich haben nicht alle das Durchhaltevermögen und das Interesse, aber sie wird immer geduldiger mit den Schwächeren, wobei sie natürlich mehr Spaß mit den Begabteren hat." „Wie sieht es mit ihrer Schulbildung aus?" Jetzt wiegte Schwester Ruth den Kopf. „Da sind auf jeden Fall echte Mängel erkennbar. Aber sie ist fleißig und willig. Das Problem ist eher, dass sie sich wenig zutraut."

„Bescheidenheit und Demut sind in der Regel nicht die Dinge, an denen die Ausbildung scheitert", bemerkte die Lehrerin, „das Vertrauen in die eigenen Fähigkeiten wird schon noch wachsen. Es gibt doch unter den bewährten Schwestern einige, bei denen auch die selige Mutter Friederike Fliedner ganz von vorn anfangen musste. Alter?" „Beinahe 18 Jahre." „Dann ist mit Fleiß und Anstrengung ja noch alles möglich." Schwester Christine setzte die Brille ab und verschränkte die Arme vor der Brust. „Wenn sie will - von mir aus steht dem nichts entgegen. Sie wird jedenfalls in der Lage sein, für sich selbst aufzukommen. Lehrerinnen an Nähschulen sind gefragt. Nach Weihnachten kann sie einsteigen, wenn es nach mir geht." „Danke für deine Einschätzung, Schwester. Natürlich werde ich mich noch an die Mutter wenden." Gemeint war Caroline Fliedner, die als Vorsteherin jeweils das letzte Wort hatte. Selbstverständlich würde sie auch mit Sophie Wagner reden, deren große Menschenkenntnis und Erfahrung sie durchaus schätzte.

Die Verse der Woche für den Adventsbaum waren für die Kinder nicht leicht zu verstehen. Sie handelten von Christus als dem ewigen König, der herrscht und den Tempel erbaut. In Jeremia 33, Verse 15 und 16 lasen sie davon, dass Christus gerecht ist und gerecht macht. Es war nicht so schwer, den Waisen die Ungerechtigkeit zu schildern, die auf der Welt herrschte. Sie hatten sie am eigenen Leib erfahren. Sie kamen doch gerade aus den Familien, die ihre Arbeit und ihr Auskommen verloren hatten, und deshalb nicht mehr wussten, woher sie das tägliche Brot nehmen sollten. Wie wunderbar zu hören, dass Jesus Sicherheit und Gerechtigkeit brachte: „In jenen Tagen und zu jener Zeit will ich dem David einen gerechten Spross aufgehen lassen; der soll Recht und Gerechtigkeit schaffen im Lande. Zu derselben Zeit soll Juda geholfen werden und Jerusalem sicher wohnen, und man wird es nennen ‚der Herr unsere Gerechtigkeit'."

Pastor Fliedner sprach von Salomo, dem Friedefürsten, der zu seiner Zeit schon ein Vorbild auf den ewigen Friedenskönig gewesen war. Er verglich die Verheißungen, die sie lernten, mit einer Bergkette: Zunächst bezogen sich die Worte aus den Propheten auf das Geschehen damals im Volk Israel und waren zu ihm gesagt. Das war sozusagen die erste Bergkette. Aber das war nur die eine Bedeutung. Das Licht der Verheißungen fiel auch auf die Berge und Hügel dahinter. Wenn man am Fuß so einer Bergkette stand, konnte man nicht erkennen, wie nah oder fern voneinander sich die Berge befanden. Gottes Perspektive war eine andere. Die Menschen, die durch die Zeiten wanderten, konnten nicht erkennen, wie weit der Weg noch war, wie lange es dauerte, bis Gott seine Versprechen ganz und sichtbar erfüllte. Aber – so verstand Anna es jetzt – Gott wollte diese Welt mit all ihrem Elend nicht einfach hinhalten.

Das Leid der Menschen war ihm nicht egal, im Gegenteil. Sein Wille war, dass in dieser Zeit, bis Gottes ewiges Friedensreich kam, noch viele zum Glauben fanden und gerettet wurden, damit sie auch teilhatten an dieser Ewigkeit.

Während sie Theodor Fliedners Erklärung lauschte, wurde sie an die Hügel und Berge im Schwarzwald erinnert und empfand dabei eine neue Verbindung zu ihrer Heimat. Das gehörte auch mit zu den großen Veränderungen, die Anna staunend an sich selbst bemerkte, seit ihrem Gebet mit Tante Sophie. Es bereitete ihr keine Schwierigkeiten mehr, der Wahrheit der Bibel zu glauben. Die Kraft darin, die sie schon zu Beginn in den Worten wahrgenommen hatte und die sie so angezogen hatte, war eine lebendige Macht. Die Bibel hatte all diese wunderbaren Verheißungen, die nach und nach an den Adventsbaum gehängt wurden, hervorgebracht. Anna staunte im Gegenteil darüber, wie viele Details aus dem Leben Jesu schon im Alten Testament vorausgesagt worden waren. Wie hatte es sein können, dass nicht alle Menschen ihn als den Herrn und Heiland erkannt hatten?

Zum ersten Mal seit langer Zeit gestattete sie sich, dabei an Paul zu denken. Für Paul war die Bibel ein Trostbuch für alte Leute und die Geschichten darin Märchen, die man Kindern erzählte, damit sie ja schön brav blieben. Er wollte Gerechtigkeit und ein besseres Leben jetzt und hier auf dieser Welt. Ob er es gefunden hatte? Ob er es wirklich inzwischen bis nach Amerika geschafft hatte? Der Gedanke zog sie zurück in eine tiefe Traurigkeit, ihn verloren zu haben. Sie hatte ihn geliebt.

Und es war immer noch entsetzlich schwer, sich einzugestehen, dass diese Liebe keine Zukunft besaß. Sie wünschte, sie hätte eine Möglichkeit, ihm zu zeigen, was sie im Glauben gefunden hatte. Eigenartigerweise war sie nicht zornig auf ihn. Beim Nachdenken war sie zu dem Schluss gekommen, dass Paul an diesem furchtbaren Nachmittag keinen anderen Weg gesehen hatte, als einfach davonzulaufen. Ihm musste klar geworden sein, dass ihr gemeinsames Geheimnis – Vaihingen einfach so den Rücken zu kehren, ohne die nötigen Papiere und vor allem ohne seinen Militärdienst – schnell im ganzen Ort die Runde machen würde. Er hätte keine zweite Chance gehabt.

Als sie die Worte in Psalm 2, Vers 7 miteinander lasen, fiel auch einigen der Kinder die Taufe Jesu am Jordan ein, bei der die Worte, die aus dem Himmel kamen, ganz ähnlich waren: „Du bist mein Sohn, heute habe ich dich gezeugt." Und am Tag darauf lasen sie, dass schon damals in der Zeit des Alten Testamentes zu Sacharja gesagt war, dass Jesus auf einem Eselsfohlen nach Jerusalem einreiten werde. Das waren Verse, die sich die Kinder gut merken konnten. Sie erinnerten sich an die Geschichte vom Palmsonntag und staunten darüber, dass das jetzt etwas mit Advent zu tun hatte und nicht nur mit Ostern!

Am nächsten Tag feierten sie im Gottesdienst schon den vierten Advent. Nachmittags saß Anna mit den großen Mädchen über der Hohlsaumarbeit. Die Schar der Stickerinnen war seit dem ersten, so schrecklich misslungenen Anlauf deutlich zusammengeschrumpft, aber die, die dabeigeblieben waren, stichelten mit Feuereifer und glühenden Wangen. Sie freuten sich über die schönen Geschenke, die sie selbst angefertigt hatten, und redeten davon, was sie noch alles besticken würden. Anna eilte hierhin und dorthin, riet, half und tröstete und war rundum glücklich. Genauso hatte sie es sich gewünscht.

Heute Abend würde sie selbst ein Deckchen sticken und es nach Vaihingen zu ihren Eltern schicken, zusammen mit einem ersten wirklich ausführlichen Brief. Zuerst war es ihr schwergefallen, sich die Zeit dafür zu nehmen, ihre Erlebnisse zu schildern und sich dazu noch zu einem schönen Geschenk durchzuringen. Das, was Tante Sophie an diesem einen Morgen zu ihr gesagt hatte, hatte tagelang in ihr rumort. Dann endlich konnte sie sich dazu durchringen, die Wahrheit darin anzuerkennen. Ihr war bewusst geworden, dass es an ihr war, den ersten Schritt zu tun und auf ihre Eltern zuzugehen, wenn sie wollte, dass sich ihr Verhältnis verbesserte. Auch wenn sie sich nicht vorstellen konnte, jemals wieder als Tochter gemeinsam mit ihnen unter einem Dach zu wohnen – sie wollte nicht länger mit Groll, Hass und Anklage leben. Sie wollte frei sein. Sie wollte lernen, so zu leben, wie Gott es in seinem Wort sagte. Immerhin besaß sie noch Vater und Mutter. Die Kinder hier vermissten beides. Ihr Schmerz stand ihr im Waisenhaus täglich vor Augen.

Lina, die sehr musikalisch war, hatte für den heutigen Adventsabend etwas Besonderes vorbereitet: Mit einigen ihrer Mitschülerinnen und dazu noch ein paar Kindern hatte sie, unterstützt durch den Lehrer, eine Motette eingeübt. Mit dem Text aus Psalm 24,7: „Machet die Tore weit und die Türen in der Welt hoch, dass der König der Ehre einziehe!" Sie erhielten begeisterten Applaus. Es passte so schön zu dem Vers des heutigen Tages: „Aber zur Zeit dieser Könige wird der Gott des Himmels ein Reich aufrichten, das nimmermehr zerstört wird; und sein Reich wird auf kein anderes Volk kommen" (Daniel 2,44). Es war ein wunderbar feierlicher Auftakt zu dieser vierten Adventswoche. Und es waren inzwischen 21 Verse aufgesagt worden! Nie hätte Anna es für möglich gehalten, dass Menschen, die keine Pfarrer waren, so vieles aus der Bibel auswendig wissen konnten – und Kinder schon gar nicht.

Schwester Ruth hatte sich inzwischen wieder recht gut erholt. Mit Anna zusammen plante sie das Weihnachtsessen. An einem Abend packten sie bis spät in die Nacht die Geschenke für die Kinder ein. Immer wieder musste Anna staunen, wie viele Menschen von überall her das Werk unterstützten. Fremde stifteten Geld für Kleiderstoffe sowie Wolle und Nadeln zum Häkeln, aber auch Puppengeschirr, Bücher und eine Kiste dicker rotwangiger Äpfel waren dabei. Manche Kinder waren erst im Laufe dieses Jahres dazugekommen – für sie würden es wohl die ersten Weihnachtsgeschenke ihres Lebens werden, die sie unter dem schön geschmückten Christbaum finden würden.

Die Tage waren voller Geschäftigkeit. Es war nicht einfach, auch noch das Lernen der Verse darin unterzubringen. Es half, dass es darin immer klarer erkennbar um die Geburt des

Heilandes ging. Da war die Verheißung im letzten Buch des Alten Testamentes, in Maleachi 3,1, die von dem Wegbereiter für den Retter sprach, Johannes dem Täufer. Seine Lebensaufgabe war gewesen, die Menschen in Israel auf den kommenden Messias hinzuweisen, sie zurückzurufen zu den guten Geboten Gottes. Anna fiel es immer leichter, die Geschichte in der Bibel dazu erst für sich selbst zu lesen, zu verstehen und sie anschließend den Kindern zu erzählen. Es lag ihr am Herzen, ihnen die Worte lieb zu machen. Sie wollte, dass sie wirklich verstanden, was sie ihnen erzählte. Gemeinsam staunten sie darüber, was schon Jahrhunderte vor Jesu Geburt in der Bibel aufgeschrieben worden war: dass sein Geburtsort Betlehem sein würde und dass dieses Kind, der Retter der Welt, von einer Jungfrau geboren werden sollte. Immanuel – Gott mit uns. Wer könnte sich so etwas ausdenken? Es waren ja so viele Schreiber zu so unterschiedlichen Zeiten und Orten gewesen, die alle auf diesen einen Retter hingewiesen hatten. Es war, als wenn ein Puzzle sich Stück für Stück zusammenfügt.

Inzwischen waren es nur noch wenige Tage bis Heiligabend. Als Anna an diesem Abend die Kleinen ins Bett gebracht hatte und in Gedanken bereits in der Küche war, wo sie noch die Plätzchen für einen schönen bunten Teller fertigmachen wollte, trat ihr im halbdunklen Flur auf einmal Helene in den Weg. Gekleidet in ein langes weißes Nachthemd, legte sie warnend den Finger an die Lippen. Anna blieb zögernd stehen. Die Erinnerung blitzte in ihr auf – die Nacht, in der sie so wütend auf das Mädchen gewesen war. Sie hatte sich bei

Helene entschuldigt, was diese stumm und ohne jede Regung angehört hatte. Seither achtete Anna krampfhaft darauf, ihr ja nur Gutes zu tun und sie keinesfalls zu reizen. Aber wenn sie konnte, überließ sie den Kontakt zu Helene Schwester Ruth oder Lina. Sie fühlte sich zu unsicher. Helene winkte sie näher. Anna sah, dass sie ein weißes Taschentuch in der Hand hielt, auf dem eine Kreuzstichstickerei begonnen war. „Oh, wie schön, wird das ein Geschenk?", fragte sie möglichst unbefangen. Helene trat von einem nackten Fuß auf den anderen und nuschelte etwas, das Anna nicht verstand. Schließlich streckte das Mädchen ihr mit einer schroffen Handbewegung die Arbeit entgegen: „Ich krieg es nicht fertig, Tante Anna. Es ist für meine Großtante. Sie ist …" Helene brach ab, bevor sie neu Luft holte und in einem Atemzug hervorstieß: „Sie hat immer gesagt, ich habe zwei linke Hände. Ich hasse Handarbeiten! Aber …" Anna überkam ein tiefes Erbarmen. Sie musste erst ihre Rührung herunterschlucken. „Ach Helene! Das ist doch nicht so wichtig. Soll ich dir helfen?" Das Mädchen sah sie nicht an. Anna überlegte rasch. Betont sachlich fuhr sie fort: „Du könntest morgen nach dem Mittagessen zu mir in die Küche kommen. Schwester Ruth legt sich immer eine Weile hin und Lina fängt derweil mit der Betreuung der Schulaufgaben an. Die schaffst du ja spielend allein, nicht wahr?" Jetzt blitzte ein kleines Licht in Helenes grauen Augen auf. Im selben Moment näherten sich schnelle Schritte auf der Treppe. Wahrscheinlich wollte Lina nachschauen, ob Anna noch bei den Kindern steckte. Wie der Blitz zog sich Helene zu ihrer eigenen Zimmertür zurück. Sie murmelte etwas Undeutliches, dann hatte sie auch schon die Tür hinter sich geschlossen. Anna war sich fast sicher, dass sie ein „Danke“ gehört hatte.

Und dann war es endlich Heiligabend. Während des Vormittags ertönte wieder und wieder der Türklopfer an der Waisenhaustür. Aufgeregte Kinder wuselten im Flur herum, andere klebten förmlich an den Fenstern. Gespannte Erwartung, Vorfreude, banges Hoffen. Würden die, die es versprochen hatten, auch wirklich kommen?

Elsa schleppte ihr kleines Bündel überall mit sich herum, um sofort aufbruchsfertig zu sein. Seit Tagen sprach sie von nichts anderem als von „Tante Minna aus Ruhrort“, die sie für drei Tage eingeladen hatte. Helene wurde von einer dürren alten Frau mit mürrischem Blick abgeholt, die sich schwer auf ihren Stock stützte. Keine herzliche Umarmung, nur ein kurzes befehlendes Nicken in Richtung Haustür. Helenes Miene war undurchdringlich. Unwillkürlich stieg in Anna ein kurzes Gebet auf, dass Gott dieses Mädchen auch an einem trübseligen Ort heute mit einem ganz besonderen Funken Weihnachtsfreude beschenken möge. Das Deckchen jedenfalls war mit ihrer Unterstützung fertig geworden und ordentlich verpackt. Anna war sich durchaus nicht sicher, ob Helene und sie sich jemals näherkommen würden. Sie hatte ihre Hilfe angenommen und Anna war sich bewusst, was für eine Überwindung dieser Schritt bedeutet hatte. Vielleicht war das schon genug.

Heute wollte sie sich mit Schwester Ruth besonders um die Kinder kümmern, die schon jetzt wussten, dass niemand kommen würde – kein Besuch hier im Haus und kein Fest bei irgendeinem Familienmitglied. Es hatte sich einfach niemand gemeldet. Ganz allein auf der Welt zu sein war immer hart, aber heute bohrte der Stachel des Verlassenseins besonders tief und der Schmerz war frisch. Sie erinnerte sich an den Vers, den sie gestern als letzten an den Adventsbaum gehängt hatten: „Er schoss auf vor ihm wie ein Reis und wie eine Wurzel aus dürrem Erdreich. Er hatte keine Gestalt und Hoheit. Wir sahen ihn, aber da war keine Gestalt, die uns gefallen hätte. Er war der Allerverachtetste und Unwerteste, voller Schmerzen und Krankheit. Er war so verachtet, dass man das Angesicht vor ihm verbarg; darum haben wir ihn für nichts geachtet" (Jesaja 53,1–3). Dieser Jesus konnte verstehen, wie sie sich fühlten. Er hatte Ablehnung, Verachtung und Verlassenwerden am eigenen Leib erfahren. Die 27 Kerzen, die nun am Adventsbaum leuchteten, strahlten hell im Zimmer. Sie bildeten gleichsam eine Art Kette der Hoffnung, welche die Menschen, vom Geist Gottes geleitet, einander durch die Jahrtausende weitergereicht hatten: die Hoffnung, dass der Retter kommen würde. Und heute – heute war es soweit. Sie würden die Erfüllung dieser Hoffnung feiern, die kein Leid auf dieser Welt, ja nicht einmal der Tod zerstören konnte.

Anna war für die Zeit, wenn die meisten Kinder das Haus verlassen hatten, in der großen Küche der Diakonissenanstalt eingeteilt worden, um bei den Vorbereitungen für das Weihnachtsessen zu helfen. Sie war auf dem Weg, eben noch ihre Schürze zu holen, als sie im Vorbeigehen in der Stube einen Schatten hinter dem Vorhang wahrnahm. Es war die kleine Elsa, die sich dort versteckt hatte. Ihr Gesicht war tränenüberströmt. Im Arm hielt sie noch immer ihr Bündel, das sie Anna jetzt mit einem zornigen Ruck vor die Füße schleuderte. Vor Schluchzen konnte sie kaum sprechen. Anna hockte sich vor sie hin und wartete. „Sie ist einfach nicht gekommen", stieß Elsa hervor. Sie bebte am ganzen Körper. Anna nahm sie vorsichtig in den Arm. Erst machte sie sich steif, dann fiel sie in sich zusammen, schlang die dünnen Arme um Annas Körper und hielt sich an ihr fest wie eine Ertrinkende. „Ich habe alles gemacht, Tante Anna. Ich habe niemanden geärgert. Ich habe alle meine Aufgaben gemacht. Und für jeden habe ich ein Geschenk gebastelt! Warum kommen sie jetzt denn nicht? Sie haben es doch versprochen!" Was für ein Schmerz. Anna strich ihr übers Haar, immer wieder. Sie wusste nicht, was sie sagen sollte. Ja, auch sie war allein. Aber sie war doch erwachsen. Elsa war einfach zu klein für so viel Leid und Enttäuschung. Sie hatte das nicht verdient. Erst Maries Tod, dann die Angst um Schwester Ruth. „Wir fragen noch einmal nach", sagte sie hilflos, „vielleicht verspäten sie sich nur." Elsa schüttelte den

Kopf. „Sie wollen mich einfach nicht", stieß sie mit einer Härte und Endgültigkeit hervor, die Anna von diesem kleinen munteren Mädchen nicht erwartet hätte. „Dann feiern eben wir zusammen, wir beide, Schwester Ruth und noch ein paar Kinder." Anna versuchte, sie zu trösten. „Das ist keine Familie." Elsa war unerbittlich. „Wir feiern doch heute den Geburtstag von Jesus. Er hat dich lieb! Du bist sein Schäfchen, das weißt du doch." Das kleine Mädchen stieß einen abgrundtiefen Seufzer aus. „Ja, ich weiß." Es klang automatisch, auswendig gelernt und resigniert. Sie wischte sich mit dem Ärmel über Augen und Nase, bevor Anna noch ihr Taschentuch hervorsuchen konnte. „Na gut, dann bleib ich eben bei dir. Was machst du?" Anna hoffte, dass nun alles in Ordnung war. „Wir können drüben in der Küche zusammen Gemüse schneiden. Und Nachtisch machen." Sie sah Elsa an: „Du könntest aber auch in der Zwischenzeit mit den anderen spielen." Die Kleine schüttelte ernsthaft den Kopf und griff nach Annas Hand: „Nein. Heute nicht. Heute will ich einfach mal nur jemanden für mich ganz allein."

Anna staunte über Elsas Klarheit – und insgeheim auch darüber, wie wohltuend die Nähe dieses Kindes für sie selbst war. Elsa wich den ganzen Tag nicht von ihrer Seite. Und Anna genoss es von ganzem Herzen, jemanden zum Bemuttern zu haben, nur ein einzelnes Mädchen, nicht immer eine ganze Gruppe, der man gerecht werden musste. Am Abend saßen sie nebeneinander im Gottesdienst. Anna spürte Elsas spitze Schulter, die sich an ihren Arm kuschelte, kleine Finger, die ihre Hand ganz festhielten. Ein bunter Tag lag hinter ihnen, erfüllt von tausend kleinen Erledigungen, erst in der Küche, wo Elsa zu ihrer Freude mehr durfte als einfach nur Gemüse schnippeln. Als die Küchenschwestern von ihrer Enttäuschung erfuhren, wetteiferten sie miteinander in dem Bemühen, sie aufzumuntern. Sobald es irgendwo eine Schüssel auszukratzen gab, riefen sie Elsa herbei, oder sie drückten ihr einen Löffel in die Hand, weil irgendjemand doch all die guten Sachen schon einmal probieren musste, die heute Abend auf dem Tisch stehen würden. Doch anschließend kehrte Elsa immer wieder hüpfend und mit einem deutlichen Schnurrbart um den Mund sofort zu Anna zurück. Sie schaute zu ihr auf, um zu sehen, ob sie beim Schneiden und Rühren auch alles richtig machte, und strahlte über ihr ganzes sommersprossiges Gesicht, wenn Anna sie daraufhin gebührend lobte.

Wärme durchflutete Anna bei diesem vertrauensvollen Blick. Wie schön musste es sein, mit dem eigenen Kind gemeinsam in der Küche zu werkeln! In diesem Moment war es wie ein Stich im Herzen, diese Sehnsucht nach einer eigenen Familie. Sie schob den Schmerz mit aller Macht zurück. Heute wollte sie genießen, was sie hatte, und nicht Träumen nachhängen, die jäh zerplatzt waren wie Seifenblasen. Heute war Weihnachten. Aber ganz so einfach gelang es ihr nicht, die Gedanken wegzuschieben. Ob Paul in Amerika wohl auch Weihnachten feierte? Oder hockte er mutterseelenallein und hungrig in einer elenden Kammer, irgendwo, vielleicht in diesem riesigen New York, wo die Einwanderer doch erst einmal alle landeten?

Als sie in der Küche nicht mehr gebraucht wurden, kehrten sie zusammen ins Waisenhaus zurück. Auch dort war alles in Aufruhr. Alle Kinder mussten zur Feier des Tages gebadet, schön frisiert und mit tadellos gebügelten Kleidern versehen werden. Wer fertig war, wurde in die Zimmer geschickt, um auch die letzte Schublade ordentlich aufzuräumen, „damit das Christkind auch wirklich kommen kann". Und unter keinen Umständen durfte jemand in die große Stube. Anna, die Zöpfe flocht, Schürzenbänder band und wie von Zauberhand abgerissene Knöpfe annähte, zwischendurch Kleiderschränke kontrollierte und kleine Zänkereien schlichtete, wusste natürlich, was die Mädchen ahnten: dass Schwester Ruth in der Stube damit beschäftigt war, den doch immer noch recht kargen Adventsbaum in einen wirklichen Weihnachtsbaum zu verwandeln – und Geschenke darunterzulegen.

Während sie warteten, machte ein Gerücht unter den Kindern schnell die Runde. Der Kittelbach, der unter der Klemensbrücke um die Nordbastei der alten Festung zum Rhein hinfloss, war über die Ufer getreten. Gleichzeitig war mit dem Spiegel des Rheins auch das Grundwasser gestiegen und an einigen Stellen in den Wiesen, die tiefer lagen, hervorgetreten. Bereits in der letzten Woche hatte der strenge Frost ungefährliche Eisflächen unter dem Gutshof und am Barbarossawall entstehen lassen. Dort zu schlittern, gehörte in Kaiserswerth zu den schönsten Beschäftigungen in den Weihnachtsferien. Es wurden eifrig Pläne geschmiedet und die Mädchen bettelten: „Tante Anna, gehst du morgen mit uns aufs Eis? Nach dem Gottesdienst? Wir sind jetzt auch richtig brav!"

Elsa war inzwischen auch schon halb getröstet. Ihre Tante hatte sie doch nicht vergessen. Sie hatte dem Waisenhaus mittlerweile eine Nachricht zukommen lassen, dass ihre Kinder in der Nacht an den Röteln erkrankt waren. Daher konnte sie ihre Nichte dieses Mal nicht aufnehmen.

Schließlich war es so weit. In Zweierreihen zogen die Mädchen zur Kirche. Die klirrende Kälte rötete die Wangen und ließ auch die Gemächlicheren schneller laufen. Vorn in der Kirche stand ein festlich geschmückter Baum, reichlich mit Äpfeln und Nüssen behängt. „Er sieht viel, viel schöner aus als unserer", flüsterte Elsa andächtig. Anna nickte ihr zu. „Schau mal nach oben auf die Spitze!" Ganz oben auf dem Baum leuchtete eine Kerze, unter der der letzte Vers der Verheißungen befestigt war. Pfarrer Fliedner las ihn diesmal selbst mit lauter, triumphierender Stimme vor: „Denn uns ist ein Kind geboren, ein Sohn ist uns gegeben, und die Herrschaft ruht auf seiner Schulter, und er heißt Wunder-Rat, Gott-Held, Ewig-Vater, Friede-Fürst; auf dass seine Herrschaft groß werde und des Friedens kein Ende auf dem Thron Davids und in seinem Königreich, dass er's stärke und stütze durch Recht und Gerechtigkeit von nun an bis in Ewigkeit. Solches wird tun der Eifer des Herrn Zebaoth" (Jesaja 9,5–6).

Es folgte eine bedeutungsvolle Pause. „Was für ein glorreicher Schluss für unsere Adventszeit", fuhr Fliedner fort, „gestern haben wir noch Jesus als den Menschensohn in

Niedrigkeit angeschaut. Jetzt ist er der wunderbar herrliche Gottessohn. Was für Bilder und kostbare Wahrheiten sehen wir in diesen herrlichen Namen. Er ist Gottes Geschenk an uns, seine Wundergabe. Die Herrschaft trägt er wie einen Königsmantel auf seiner Schulter. Wir sehen in dem Wunder-Rat seine Weisheit, in dem Kraft-Held seine allmächtige Stärke, im Ewig-Vater sein Einssein mit dem ewigen Gott und Vater. Im nächsten Vers sehen wir sein Wirken, das heißt: seine glorreiche, friedvolle, allumfassende, ewige Regierung. Es gibt keinen König, der diesem König gleicht. Heute erfüllt sich in herrlichem Aufleuchten die lange Reihe der Verheißungen von dem ersten kleinen Lichtlein der ersten Verheißung, die unsere Kinder so fleißig gelernt haben. Schon den ersten Menschen wurde sie gegeben, gleich am Anfang, als Gott sie fortschicken musste aus seiner Gegenwart im Paradies, als die Cherubim mit feurigem Schwert den Zugang verschlossen. Der Retter würde kommen! Heute lesen wir diese Verheißung, die Jesaja gegeben wurde. Mit Recht wird er der Evangelist des Alten Bundes genannt. Sie ist wie ein kostbarer Edelstein, der im Sonnenglanz der Erfüllung leuchtet. Dafür steht unser Christbaum hier, der so wunderschön geschmückt ist, und an dem so viele Lichter strahlen. Alle Verheißungen, die Gott gibt, sind in Jesus Christus erfüllt. Er garantiert dafür, dass wir es einmal in aller Fülle sehen und erleben dürfen, nämlich an dem Tag, an dem er wiederkommt. So feiern wir in dieser Adventszeit, durch die wir zum ersten Mal mit unserem Adventsbaum hindurchgegangen sind, ja auch ein dreifaches Kommen unseres Herrn: einmal heute in Niedrigkeit in der Krippe, einmal einst in Herrlichkeit und all seiner Macht und zum dritten, wenn er Einzug hält in einem jeden Menschenherzen hier auf der Erde, das ihn sucht."

Was für schöne Worte Pastor Fliedner fand! Anna fühlte das Echo darauf in ihrem Herzen. Sie wusste jetzt, wie es war, zu diesem Herrn zu gehören. In ihrem Herzen war Freude – Freude, dass sie hier war, Freude, dass sie helfen durfte, Kindern ein wirkliches Weihnachtsfest zu gestalten und dabei Teil einer großen Gemeinschaft zu sein. Als sie sich, in die Menge der anderen Besucher eingeschlossen, nach dem Gottesdienst langsam Richtung Ausgang schob, entdeckte sie dort in ihrer Sonntagstracht Tante Sophie, die augenscheinlich auf sie gewartet hatte. In der Öffentlichkeit war Anna unsicher, ob sie ihre Tante umarmen durfte. Sie war doch hier als Hausmutter der Diakonissenschaft. Aber schon wurde sie von ihr selbst in eine unbefangen familiäre Umarmung hineingezogen.

„Fröhliche Weihnachten, mein Kind!" Sie zog einen Brief aus ihrer Tasche und wedelte damit beinahe triumphierend. „Komm mit. Ich muss dir etwas zeigen." Anna sah sich suchend nach Schwester Ruth um. Sie musste sich doch um die Kinder kümmern! Tante Sophie winkte ab: „Schwester Ruth weiß Bescheid. Es dauert auch nicht lange."

In Tante Sophies winzigem Büro war es still. Sie kam sofort zur Sache. „Es sind eigentlich zwei Dinge, aber sie gehören zusammen und haben sich in den letzten zwei Tagen erst ergeben." Sie räusperte sich. „Schwester Christine, die unsere

Strick- und Nähschule leitet, hat deine Arbeiten gesehen. Tatsächlich bringen nicht viele Frauen, die zu uns kommen und eine Ausbildung anstreben, schon derartige Fertigkeiten mit. Sie würde dich gerne ausbilden – als Handarbeitslehrerin. Bei ihr könntest du noch jede Menge weiterer Techniken lernen und wärst anschließend in der Lage, dein Wissen an Mädchen und Frauen weiterzugeben. Du könntest ihnen helfen, eine Arbeit zu finden und eigenes Geld zu verdienen. Wäre das nicht ein echter Segen?" Anna traute ihren Ohren nicht. Das, was sie nur so widerwillig erlernt hatte, konnte für andere Frauen ein Segen sein ... Und sie – tatsächlich eine Lehrerin? Ihre Tante sah die Zweifel in ihren Augen. „Du könntest beides parallel machen, die Ausbildung zur Kleinkinderschullehrerin und zugleich die für die Nähschule. Du würdest lernen, wie man unterrichtet und eine Klasse führt." Anna konnte nur den Kopf schütteln. Ihre Gedanken überschlugen sich. Gerade eben war sie doch noch eine Aushilfe gewesen, die eine zweite Chance bekommen hatte. Und nun?

„Was sagt denn Pastor Fliedner dazu?", fragte sie, „und Schwester Ruth?" Tante Sophie winkte ab. „Es ist alles abgesprochen. Wir wollen dich, Anna. Begreif es doch!" Ihr Ton wurde sachlich. „Du wirst hart arbeiten und viel lernen müssen. Aber wir trauen dir das zu. Wenn du willst." Bevor Anna noch irgendetwas sagen konnte, fuhr Sophie fort: „Und dann ist da ja noch der Brief. Er kam gestern. Weißt du von wem? Vom Pfarrer aus Vaihingen an der Enz." Wieder dieses triumphierende Wedeln. Anna wurde rot: „Aber der kennt mich ja gar nicht." Ihre Tante schmunzelte. „Das stimmt. Aber das kann sich ja ändern. Jedenfalls hat er hierher an die Diakonissenanstalt geschrieben, weil er eine Lehrerin sucht. Was sagst du dazu?" Sie wurde wieder ernst: „Gott führt, Anna. Du bist sein Kind. Er sorgt für dich. Kannst du das nicht erkennen?"

Anna war verstummt. Vor ihren Augen erschien das Bild einer Schulklasse voller Mädchen und Frauen, die an Tischen saßen und nähten und strickten. Und sie sah sich selbst vorne stehen in einem neuen, selbstgenähten Kleid. Sie sah, wie alle aufmerksam verfolgten, was sie ihnen zeigte, und zuhörten, was sie ihnen erklärte. Könnte das wirklich wahr werden? Für sie? „Du bist ja nicht schon morgen eine Lehrerin." Tante Sophie schien Gedanken lesen zu können. „Schau, es ist wie bei dem Adventsbaum. Am Anfang war er kahl und leer. Dann kam ein Lichtchen, am nächsten Tag die Wiederholung und dann ein zweites Licht. Und denk an den Baum heute, wie festlich und schön er war! Das ist das Ziel, nicht der Anfang." Bei dem Vergleich musste Anna lächeln. Ihre Tante sah sie erwartungsvoll an: „Was sagst du, Anna? Magst du?"

Es gab nur eine Antwort. „Ich versuche es", Anna war ganz atemlos bei der Vorstellung, „ich werde arbeiten und lernen. Danke! Danke, Tante Sophie! Wann kann ich anfangen?" Tante Sophie lächelte ein breites und zufriedenes Lächeln. „Meine Nichte! Ich wusste es. Ich bin wirklich stolz auf dich, das muss ich sagen – und das sage ich nicht oft. Es soll dir ja beileibe nicht zu Kopf steigen. Gleich nach Neujahr kannst du beginnen. Schwester Ruth hat schon ihre Einwilligung gegeben, aber sie wird dich vermissen."

Es war einfach zu viel. Gleich würde sie schon wieder anfangen zu weinen. Sie war gar kein Stiefkind Gottes. Er hatte einen Platz für sie vorbereitet, den sie – gerade sie – ausfüllen konnte. Sie hatte einen himmlischen Vater, der sie, so wie sie war, durch und durch kannte und die ganze Zeit in Liebe still für sie geplant hatte. Es war wunderbar. Tante Sophie sah sie noch immer an. „Wer weiß, vielleicht zeigt Gott dir in der Zwischenzeit, dass er dich als Diakonisse beruft ... Na ja, alles zu seiner Zeit. Ich muss jetzt dringend los – und du auch! Wir wollen doch Weihnachten feiern!"

Draußen schwebten Schneeflocken wie zarte Watteballchen vom Himmel und ließen sich weich auf Annas Mütze und Mantel nieder, als sie zurück zum Waisenhaus lief. Der erste Schnee ... und das zu Weihnachten! Wie würden die Kinder sich freuen! Die kalte Luft erfrischte ihre glühenden Wangen. Sie dachte zurück an ihre Verlassenheit und Verzweiflung an dem Nachmittag, der doch gar nicht lange zurücklag. Heute schienen die hell erleuchteten Fenster ringsum sie zu grüßen. Sie gehörte dazu.

Als sie spät am Abend den Schlafsaal betrat, hatte sie das Gefühl, das Gespräch mit Tante Sophie sei vielleicht doch nur ein Traum gewesen. Zu turbulent war der Heiligabend gewesen – mit Liedersingen in der Stube, dem Staunen der Kinder, dass auch sie so einen schönen geschmückten Baum bekommen hatten, nur für sich und fast so schön wie in der Kirche. Es gab viel Freude über die Geschenke. Und dann erst das Weihnachtsessen! Heute war einmal an nichts gespart worden. Es gab Spekulatius, Honigkuchen und sogar Schokolade. Dabei viel munteres Geplapper, allerdings auch manche Heimwehträne, wenn die Erinnerung an frühere Weihnachtsfeste in der eigenen Familie hochkam. Und es gab nur selten Streitereien, aber großen Jubel über den Schnee und Vorfreude auf das Schlittern, Rodeln und Schneemannbauen in den nächsten Ferientagen.

Anna hatte sogar auch ein Geschenk bekommen, eine neue Schürze, die sie gut gebrauchen konnte. Ihre Eltern hatten eine Karte geschickt und dazu weiße Wolle für Strümpfe. Es klang nicht so, als habe der Umzug ihren Alltag sehr verändert. Ihr Vater schrieb, sie verstünden sich im Haus insgesamt ganz gut. Die Mutter ließe grüßen, sie sei gerade an der Nähmaschine. Anna dachte an sie und konnte sich immer noch nur wundern. Wie hatte sie die Näherei zu Hause gehasst! Und nun hatte ihr ausgerechnet diese elende Plackerei die Tür zu einem Beruf geöffnet. Vielleicht würde sie tatsächlich in einiger Zeit als Lehrerin in ihren Heimatort zurückkehren. Das klang unglaublich. Anna Wagner, Leiterin der Näh- und Strickschule.

Die Anna vom Karl und von der Martha. Was würde Paul dazu sagen?

Sie war allein an diesem Abend im Schlafsaal. Alle anderen jungen Frauen waren nach Hause zu ihren Familien gefahren. Daher schrak sie zusammen, als es plötzlich an der Tür klopfte. Draußen stand ein junger Mitarbeiter aus der Verwaltung, der ihr verlegen einen Brief hinhielt: „Entschuldigung, er kam mit der späteren Post, aber Schwester Sophie meinte, ich müsse ihn unbedingt noch vorbeibringen." Schon polterten seine Stiefel wieder die Treppe hinunter, bevor Anna ihm noch fröhliche Weihnachten wünschen konnte. Noch ein Brief. Bis heute kein einziger, der sie erreicht hatte – und heute gleich drei. Nun ja, es war Weihnachten. Sie kehrte mit dem Umschlag ins Zimmer zurück und setzte sich auf ihr Bett, um ihn im Licht der Kerze lesen zu können. Dann erst erkannte sie die Handschrift und ihre Hände begannen zu zittern. Ihr Mund wurde trocken. Das konnte doch nicht sein! Aber es war unverkennbar Pauls Handschrift, die ihr doch seit der ersten Klasse vertraut war, mit der Anschrift von Vaihingen. Ihr Vater hatte ihr einen Brief von Paul nachgeschickt, er hatte die Adresse von Kaiserswerth danebengeschrieben. Tante Sophie hatte anscheinend den Brief entgegengenommen und vermutlich auch das Porto bezahlt.

Der Umschlag war so dünn und ihre Finger zitterten so sehr, dass sie fürchtete, sie werde den kostbaren Inhalt beschädigen, wenn sie ihn aufriss. Fieberhaft suchte sie nach einer Schere oder einem Messer, fand schließlich eines und schlitzte den Umschlag vorsichtig auf. Der Brief war wirklich von Paul – Paul, von dem sie geglaubt hatte, sie werde nie wieder etwas von ihm hören. Noch bevor sie gelesen hatte, tanzte ihr Herz. Ihr war schwindelig. Paul hatte sie doch nicht vergessen! Er dachte immer noch an sie, Tausende von Kilometern von ihr entfernt. Er war tatsächlich, so, wie sie es sich gedacht hatte, eingepfercht im Zwischendeck eines Segelschiffes bis nach New York gereist. Inzwischen befand er sich aber im Gebiet der großen Seen an der Grenze zu Kanada und arbeitete dort beim Eisenbahnbau. Schon in Bremerhaven hatte er sich anwerben lassen, um fünf Jahre dort lediglich für Kost und Logis zu arbeiten – mit dem Versprechen, danach ein eigenes Stück Land zu erhalten. Die Bedingungen auf der Baustelle waren sehr hart, aber er bereute den Entschluss zur Auswanderung nicht.

Annas Herz sank. Das klang nach Paul. Wenn er sich etwas in den Kopf gesetzt hatte, zog er seinen Plan auch durch, egal, wie schwierig die Umstände waren. Er würde also jedenfalls nicht zurückkommen. Nun ja. Was hatte sie erwartet? Sie musste erst schlucken, bevor sie weiterlesen konnte. Paul hatte, um Papier und Porto zu sparen, mit so winzig kleinen Buchstaben geschrieben, dass sie die Sätze teilweise kaum entziffern konnte. Sie hielt den Brief so dicht an die Kerzenflamme wie möglich. Doch, sie las richtig. Paul bat sie tatsächlich um Verzeihung dafür, dass er sie einfach im Stich gelassen hatte. Er hatte nicht vergessen, was er ihr, Anna, versprochen hatte. Er liebte sie genauso wie früher und wollte sie immer noch heiraten. Ob sie auf ihn warten würde, bis er die fünf Jahre abgedient hatte? Ob sie dann zu ihm kommen würde? Für ihn gäbe es keine andere Frau und würde es auch niemals geben. Unterschrieben hatte er mit „Ewig dein Paul". Und winzig klein eine Adresse, an die sie ihre Antwort schicken sollte.

Anna war so froh, dass sie allein war. Sie weinte und lachte zugleich. In ihr wirbelte alles durcheinander, mindestens so wild wie die Flocken vor dem Fenster. Was für ein Tag! Was für ein Weihnachtsfest. Ihre Antwort hätte sie am liebsten an diesem Abend noch abgeschickt. Das „Ja" in ihrem Herzen flog bereits über den Atlantik, sodass sie meinte, Paul müsse es augenblicklich fühlen. Da gab es für sie nichts zu überlegen, nicht einen Moment lang. Natürlich würde sie warten. Plötzlich gab es für sie nur noch Paul auf dieser Welt, den sie heiraten wollte, egal, wann und wo und unter welchen Umständen sie jemals wieder zusammen sein würden. Sie hatte geglaubt, sie habe ihn für immer verloren. Was bedeuteten da schon ein paar Jahre? Paul würde hart arbeiten – und sie auch. Sie würde fleißig lernen, um die beste Handarbeitslehrerin zu werden, die Kaiserswerth je gesehen hatte. Sie würde lernen, die Kinder in der Kleinkinderschule zu betreuen. Es gab doch auch in Amerika Frauen und Kinder, die unterrichtet und ausgebildet werden mussten, und Kleider mussten sowieso überall genäht werden. Sie würde das Angebot annehmen, nach Vaihingen zurückgehen, dort als Lehrerin arbeiten und jeden Taler zur Seite legen, bis es irgendwann so weit war. Und wenn sie zehn Jahre würde warten müssen.

In der Zwischenzeit aber konnte sie Briefe schreiben. Noch heute Abend würde sie damit anfangen. Zuerst natürlich das Wichtigste: dass sie ihm schon lange verziehen hatte und wie sehr sie ihn liebte. Aber dann würde sie Paul auch von dem erzählen, was sie in dieser Adventszeit gelernt hatte. Vom Adventsbaum mit seinen Verheißungen, von allem, was sich in ihr verändert hatte. Ihr geliebter Paul musste auch ein Kind Gottes werden. Sie würde ihm zeigen, dass die Bibel vertrauenswürdig, ja, dass sie das Wort Gottes war. Der Retter, dessen Geburt sie heute feierten, war auch für ihn auf diese Welt gekommen und für ihn am Kreuz gestorben. Oh, was sie ihm alles schreiben würde! Sie hatte ihm so viel zu erzählen. Und sie würde für ihn beten. Wie gut, dass Gebete nicht mehrere Wochen brauchten, um zu dem allmächtigen liebenden Vater im Himmel zu gelangen – und auch kein Porto kosteten. Gott sah ihren Paul bei seinem Eisenbahnbau im fernen Amerika. Er liebte ihn und konnte ihn führen – so wie er sie, Anna, zu sich gezogen hatte, weil er sie liebte. Gott konnte Herzen bewegen, das hatte sie erfahren. Auch Pauls. Da war sie ganz sicher. Ihr war, als hätte sich das wirre, verknotete Knäuel, das ihr Leben gewesen war, vor ihren Augen zu entwirren begonnen. Gott wies ihr einen Weg. Sie musste nur ganz getrost losgehen und ihm vertrauen, dass er ihr Schritt für Schritt weiterhalf. Sie würde weiter Fehler machen und versagen. Aber jetzt konnte sie glauben, dass der allmächtige Gott im Himmel sie auch mit ihren Schwächen und Mängeln weiter festhalten würde. Er würde sie sicher ans Ziel bringen.

Als sie endlich im Bett lag, wollte der Schlaf noch nicht kommen. Vor ihren Augen entstand ein Bild, und sie wusste nicht, ob sie nur träumte: Sie sah ein weites, ödes Land, über das ein eisiger Schneesturm heulte. Mitten in dieser vor Kälte klirrenden Einsamkeit stand eine winzige Blockhütte, die immer näherzukommen schien, bis sie schließlich gegen die vereiste Fensterscheibe hauchen und, die Hand über die Augen gelegt, ins Innere spähen konnte. Drinnen verbreitete ein Ofen behagliche Wärme. Sie sah sich selbst auf einer Bank sitzen und daneben Paul, ihren Mann. Sein muskulöser Arm lag fest und sicher um ihre Schultern. In der Zimmerecke befand sich ein sehr kleiner, sehr magerer Tannenbaum. Er war mit nichts anderem als exakt 28 Lichtern geschmückt. Als sie genau hinschaute, konnte sie auch die Sterne aus Pappe erkennen, die jeweils unter den Kerzen hingen. Ein kleines blondbezopftes Mädchen hatte eben seinem kleinen Bruder mit dunklem Wuschelkopf geholfen, den allerletzten Stern an der Spitze zu befestigen. Anna wusste in diesem Moment einfach, dass das Mädchen Elsa hieß. Der Stern war ein bisschen schief geraten, von Kinderhand bunt bekritzelt und eine Zacke war beim Basteln versehentlich abgeschnitten worden. Und als sie dann noch die Augen zusammenkniff, konnte sie lesen, was darauf geschrieben stand in ungelenken kindlichen Buchstaben: „Er heißt Wunder-Rat, Gott-Held, Ewig-Vater, Friede-Fürst!“

# Historische Hintergründe

## Theodor Fliedner, Gründer der Diakonissenanstalt Kaiserswerth und Erfinder des Adventsbaumes

Der Brauch des in der Erzählung beschriebenen Adventsbaumes geht auf Theodor Fliedner zurück. Der Pfarrer, Gründer und Vorsteher der Diakonissenanstalt Kaiserswerth, wurde am 21. Januar 1800 in Eppstein im Taunus geboren und starb am 4. Oktober 1864 in Kaiserswerth. In seiner Gemeinde in Kaiserswerth wurde er schon bald mit Armut konfrontiert. Um die Gemeinde zu erhalten, unternahm er Kollektenreisen nach Holland und England. Dort begegnete er den Erweckungsbewegungen und lernte in Holland das Amt der Diakonissen und in England die Gefängnisfürsorge und soziale Wegbereiter kennen. Zurück in Kaiserswerth beteiligte er sich an der Gründung der Rheinisch-Westfälischen Gefängnisgesellschaft, die sich für bessere Haftbedingungen einsetzte, und begann, die Häftlinge seelsorgerisch zu betreuen.

Gemeinsam mit seiner ersten Frau Friederike, geb. Münster, gründete er 1833 ein Asyl für haftentlassene Frauen, um ihnen nach ihrer Entlassung zurück in ein normales Leben zu helfen. Beide wollten jedoch nicht nur Menschen helfen, die bereits straffällig geworden waren. Viele Kinder in dieser Zeit der beginnenden Industrialisierung wuchsen emotional und materiell unversorgt auf. Um sie pädagogisch betreuen zu können, begannen sie, Kleinkinderschullehrinnen – die in ihren Aufgaben heutigen Erzieherinnen entsprechen – auf bewusst christlicher Basis auszubilden und eröffneten eine Kleinkinderschule am Ort. Dafür gab Theodor Fliedner beispielsweise ein Liederbuch für Kleinkinderschulen heraus, das bis ins 20. Jahrhundert hinein mehrfach neu aufgelegt wurde. Es enthielt acht Anhänge, die gleichzeitig ein gutes Handbuch für die Kleinkinderschullehrerinnen waren. Außerdem war er der Herausgeber einer Schulbilderbibel, die auch in dieser Geschichte erwähnt wird. Er legte großen Wert darauf, den Kindern auf lebendige Art und Weise die Bibel lieb zu machen.

## Die Diakonissenanstalt Kaiserswerth

In West- und Norddeutschland blieb das Kaiserswerther Seminar lange Zeit die einzige Ausbildungsstätte für Kleinkinderlehrerinnen innerhalb der Kirche. Gleichzeitig sahen Fliedners die großen Mängel in der Versorgung von kranken und alten Menschen. Dafür gründeten sie 1836 die Diakonissenanstalt Kaiserswerth als Ausbildungsstätte für evangelische Pflegerinnen. Unverheiratete Frauen konnten hier einen Beruf in der Krankenpflege und in der Erziehungsarbeit erlernen und gleichzeitig als Diakonissen in der Gemeinschaft des Mutterhauses zusammenleben. Sie entwickelten dort eine starke Glaubens-, Lebens- und Dienstgemeinschaft. Diese Arbeit setzte weltweit Maßstäbe in Pädagogik und moderner

Krankenpflege und begegnete den konkreten Notlagen der Zeit. Ihre Wirkung war darum so nachhaltig, weil Fliedners auf Ausbildung setzten anstatt auf die Größe der Anstalt.

Der Erfolg der Diakonissenanstalt ist vor allem auf den unermüdlichen und rastlosen Einsatz ihrer Gründer zurückzuführen. Theodor Fliedner betrieb eine umfangreiche Öffentlichkeitsarbeit und brachte persönlich Diakonissen in viele Länder der Welt. Vor seinem Tod gab es 380 Diakonissen und Probeschwestern in Kaiserswerth, 83 auswärtige Stationen und 26 selbstständige Diakonissenanstalten. Heute gehört die Kaiserswerther Diakonie mit 2800 Beschäftigten zu den großen diakonischen Unternehmen in Deutschland und noch immer kommen, entsprechend den aktuellen Nöten der Zeit, neue Arbeitsbereiche dazu.

Die Tracht, die die Diakonissen damals trugen, entsprach der Kleidung der verheirateten Frau aus dem Bürgertum zu Beginn des 19. Jahrhunderts. Dadurch bot sie den Frauen den sehr notwendigen Schutz, wenn sie allein unterwegs waren. Friederike Fliedner wurde die erste Vorsteherin der Diakonissenanstalt bis zu ihrem Tod 1842. 1843 übernahm Caroline Bertheau bei ihrer Heirat mit Theodor Fliedner das Amt, das sie bis 1883 innehatte. Anfang April 1842 wurde das Waisenhaus für Mädchen eröffnet, Ostern 1844 das Seminar für Volksschullehrerinnen. Im selben Jahr wurde mit der Gründung der „Pastorengehülfenanstalt“ in Duisburg – nach dem Vorbild von Johann Hinrich Wichern in Hamburg – begonnen, auch männliche Diakone auszubilden.

## Der Adventsbaum

Auch die Idee des Adventsbaumes ist an die Einführung des Adventskranzes durch Johann Hinrich Wichern 1839 im Rauhen Haus für die dort lebenden Waisenkinder angelehnt. Zum ersten Mal wurde solch ein Baum 1844 in der Pastorengehilfenanstalt aufgestellt (heute Theodor-Fliedner-Stiftung). 1848 wurde die Anstalt in eine eigenständige Stiftung (Diakonenanstalt Duisburg) umgewandelt. Sie ist die zweitälteste Diakonenanstalt Deutschlands. Theodor Fliedner führte die Tradition in seinen Einrichtungen ein. Im Jahresbericht des Werkes von 1848 beschreibt er den Adventsbaum im Waisenhaus. Sein Anliegen war, Kinder mit in die Feste des Kirchenjahres hineinzunehmen. Alle Kinder lernten die Verheißungen auswendig. Diese Tradition wurde besonders von seinem Sohn Heinrich (1850–1923) weitergeführt, der dafür auch eine ausführliche Anleitung mit Erklärungen verfasste.

Diakonissenhäuser, die Theodor Fliedner im Ausland gründete, übernahmen ebenfalls den Brauch des Adventsbaumes für viele Jahre. So erinnerten sich beispielsweise noch im Alter die Schüler des Diakonissenhauses in Jerusalem gerne an das Ritual und an den Schatz von Bibelversen, den sie dadurch für ihr Leben erwarben. Die Verse wurden auf Pappsterne oder auch auf Weinblätter aus Pappe gedruckt. Auf der Vorderseite illustrierte ein mehrfarbiges Bild die Bibelstelle. Ab 1876 konnte man in Kaiserswerth ein gedrucktes Verzeichnis der Adventsverheißungen zum Preis von vier Pfennig kaufen, ab 1901 gab es für fünf Pfennig das Heftchen *Der Adventsbaum.* Schon vor 1900 wurden gedruckte Verse für den Adventsbaum in Hamburg, Hannover, Dresden und Frankfurt am Main hergestellt. Bereits 1852 sprach man von den „Verheißungssternen". Darüber hinaus gab es Varianten, die auf Fähnchen oder Papierstreifen geschrieben wurden. Auch in Bethel bei Friedrich von Bodelschwingh (1877–1946) wurde die Tradition des Auswendiglernens gepflegt.

## Die Verheißungen

Durch die tägliche und wöchentliche Wiederholung prägten sich die Verse nachhaltig ein. Für Fliedners war es wichtig, dass dieses Lernen für die Kinder etwas Schönes bedeutete und dass sie den Inhalt verstanden. So sollten auch nur die Älteren die schwierigeren Verse lernen. Durch den zuerst finsteren, dann allmählich immer heller werdenden Raum wurde den Kindern veranschaulicht, wie Gott die Erlösung durch Jesus Christus durch die Zeit vorbereitet.

Es beginnt mit dem Sündenfall und der direkt anschließend gegebenen ersten Verheißung eines Retters, dann folgt die Berufung Abrahams, durch den alle Menschen auf der Erde gesegnet werden sollten. Gott bestätigt seine Zusage auch den Nachkommen Abrahams, erst dem Sohn Isaak, dann dem Enkel Jakob und dessen Sohn Juda, danach dem ganzen Volk Israel. In der zweiten Adventswoche wird Jesus Christus als

Prophet geschildert, als Gottes Knecht, Gottes Gesalbter und als guter Hirte, danach als Hohepriester. Die dritte Woche beschreibt, wie Jesus seinen Willen und sein Leben hingibt. Er verherrlicht und erbaut den Tempel. Jesus Christus ist der ewige König, der gerecht ist, gerecht macht und zu seinem Volk kommt. Die Verheißungen der vierten Adventswoche stehen schon ganz im Zeichen der Geburt Jesu. Es geht zuerst um Johannes den Täufer, der sein Kommen ankündigt und zur Umkehr ruft, dann werden Zeit und Ort seiner Geburt prophezeit und sein Name: Immanuel. In den letzten beiden Versen wird Jesus zum einen in Niedrigkeit und Knechtsgestalt und zum anderen in Herrlichkeit gezeigt.

Die Kinder sollten verstehen, dass zu Weihnachten die Geburt Jesu gefeiert wird. In Betlehem kommt er zum ersten Mal, aber er wird wiederkommen am Ende der Zeit. Schon jetzt können sie ihn als Herrn ihres Lebens annehmen. Jesus hat am Kreuz für ihre Schuld bezahlt und sie können schon heute mit ihm leben.

## Weitere historische Personen in der Erzählung

Sophie Wagner (1817–1886) wird von Luise Fliedner, einer Enkelin Theodor Fliedners, in ihren *Kaiserswerther Erinnerungen* als „urwüchsige und tieffromme Schwäbin beschrieben, die wohl mehr als irgendeine andere Diakonisse der

Schwesternschaft das Gepräge gegeben hatte". Die Biografin Anna Sticker bezeichnet sie als „fähig und willensstark". Sie kam durch einen Aufruf im *Christenboten* und durch Vermittlung des württembergischen Pfarrers Wilhelm Hofacker, einem Bruder des Erweckungspredigers Ludwig Hofacker, 1839 aus Vaihingen an der Enz nach Kaiserswerth und wurde am 1. Juni 1840 ins Diakonissenamt aufgenommen. Bis dahin arbeitete sie, früh verwaist, als Magd und hatte bereits auch mit viel Hingabe Kranke gepflegt. In der Diakonissenanstalt wurde sie weiter in der Krankenpflege ausgebildet und 1840 in das neugegründete Wilhelmshospital in Kirchheim unter Teck ausgesandt. Ihr Dienst dort wurde sehr geschätzt, allerdings erkrankte sie schon bald lebensgefährlich an Typhus und blieb danach lange geschwächt.

Nach Friederike Fliedners Tod wurde sie Hausmutter und Erzieherin der Schwesternschaft. In dieser Funktion war sie 40 Jahre lang tätig und prägte den Geist der Diakonissenanstalt. Obwohl sie ursprünglich aus einfachen Verhältnissen kam, erkannten Fliedners ihre besonderen Begabungen und Fähigkeiten und förderten sie. Diese individuelle Art, auf die sehr unterschiedliche Bildung und Herkunft der Diakonissen einzugehen, ist allgemein sehr bezeichnend für den Umgang von Fliedners mit ihren Mitarbeiterinnen.

Auch Anna Müller (1802–1870), die erste „Probemeisterin", die sich um die Diakonissen in ihrer Vorbereitungszeit kümmerte, ist eine historische Person. Sie kam gleichzeitig mit ihrer Schwester Rebekka 1841 nach Kaiserswerth.

Ausdrücklich möchte ich betonen, dass Sophie Wagners Bruder Karl, dessen Frau Martha und ihre Tochter Anna sowie Paul, Emil und Michael, ebenso auch Schwester Ruth und Schwester Christine, wie auch die genannten Seminaristinnen und Kinder des Waisenhauses frei erfundene Personen sind.

## Kaiserswerth

Bemerkenswert ist, dass der Ort Kaiserswerth, von dem nachhaltig so viele Impulse in alle Welt ausgingen, um 1850 eine ärmliche Kleinstadt war. Durch die schlechte Verkehrsanbindung hatte die Industrialisierung dort bis dahin nicht stattgefunden. Es gab kein fließendes Wasser, das heißt, alles Wasser, das benötigt wurde, musste von der Pumpe bzw. vom Brunnen geholt werden. Das Abwasser lief über die Straßen zum Rhein oder zum Graben unter der Klemensbrücke, seit den 1840er-Jahren in gemauerten Rinnen. Es gab also keine unterirdische Kanalisation. Nur am Kaiserswerther Markt gab eine einzige gepflasterte Straße.

Das Diakoniewerk war zu der Zeit, in der die Erzählung spielt, noch in der Aufbauphase. Der größte Teil der schweren Hausarbeit ohne Maschinen, die die Arbeit erleichtern, wurde neben den pflegerischen und pädagogischen Aufgaben von den Schwestern getan.

## Historische Einordnung

Die Tradition des Adventsbaumes klingt zunächst vielleicht nach einer Idee des beschaulichen Biedermeiers. Wenn man sie dagegen in ihrem geschichtlichen Zusammenhang anschaut, ist sie in all der Not und dem Chaos dieser Zeit ein Hoffnungsträger.

Die wirtschaftliche Situation vieler Menschen in Deutschland in der ersten Hälfte des 19. Jahrhunderts kann man sich kaum elend genug vorstellen. Sie erinnert an die Not, die heute in vielen anderen Teilen der Welt herrscht. Im östlichen Teil von Preußen, aber auch im 1806 gegründeten Königtum Württemberg, begann in dem Jahr ohne Sommer (1816) eine Hungersnot, die durch witterungsbedingte Missernten und Viehseuchen verursacht wurde. Dazu kam seit 1844 die um sich greifende Kartoffelfäule. Infizierte Kartoffeln gelangten im Winter 1843/44 aus Nordamerika nach Flandern. Dort blieb der Befall zunächst unbemerkt, sodass die Kartoffelfäule sich in Europa ausbreiten konnte. Dabei reichte eine einzige infizierte Knolle, um eine Epidemie in einem Kartoffelbestand auszulösen. Die Kartoffeln waren ungenießbar. Grundnahrungsmittel wie Roggen und Kartoffeln wurden so teuer, dass besonders die einfachen Handwerker und Hilfsarbeiter nicht mehr genügend Nahrung für ihre Familien kaufen konnten. Die Not zwang die Menschen dazu, Brot aus verdorbenem Getreide und aus Queckenwurzeln zu backen. Erschwert wurde die Situation auch durch die Landknappheit. Das Erbrecht teilte das Land in immer kleinere Parzellen auf, sodass es auch dadurch nicht mehr möglich war, von der eigenen Landwirtschaft zu leben.

Die beginnende Industrialisierung ließ ganze Berufszweige aussterben. Allgemein bekannt wurde hier die Situation der schlesischen Weber. Dazu kam, dass die im Land dringend benötigten Nahrungsmittel in zahlungskräftigere Gebiete verkauft wurden und die wenigen Kartoffeln zu Schnaps verarbeitet wurden. Der Staat verlangte von den Kommunen, dass sie vor Ort die Not bekämpfen sollten – diese waren jedoch mit dieser Aufgabe überfordert.

Eine staatliche soziale Infrastruktur war nicht vorhanden. Initiativen wie die von Fliedners in Kaiserswerth oder von Johann Hinrich Wichern in Hamburg gingen oft von Christen aus der Erweckungsbewegung aus. Sie wurden Vorbilder für Strukturen, die nach und nach vom Staat geschaffen wurden. Damals begegneten sie einer Not, die für uns heute in Deutschland unvorstellbar ist. Dabei sahen Pioniere wie Theodor Fliedner nie nur das rein körperliche Elend, sondern ebenso die vernachlässigten emotionalen Bedürfnisse und die geistliche Not der Menschen.

Heimarbeit, wie in der Erzählung beschrieben, war im 19. Jahrhundert sehr verbreitet. Ein Unternehmer, der sogenannte „Verleger", erteilte Aufträge, streckte die Rohstoffe vor und nahm gegen einen Festpreis die fertigen Produkte ab, deren Verkauf er ebenfalls organisierte. In der deutschen Landwirtschaft blühte diese Hausindustrie vor allem in den Wintermonaten. Das Einkommen der Heimarbeiter, bei denen oft die ganze Familie mitarbeitete, hing ganz unmittelbar von der wirtschaftlichen Lage ab. Schon kleine Stockungen im Handel führten zu Lohneinbußen. Wenn wirtschaftliche Krisen und Lebensmittelteuerungen zur gleichen Zeit erfolgten, so wie in den 1840er-Jahren, waren sie doppelt betroffen: Die Lebensmittel waren nicht mehr bezahlbar und die Absatzkrise ließ zusätzlich den Lohn zurückgehen. Aber auch schon in Zeiten guter Konjunktur war der Verdienst der Heimarbeiter so, dass er „weder zum Leben noch zum Sterben" ausreichte.

Ganz typisch für die Heimarbeit waren lange Arbeitszeiten, Kinderarbeit und schlechte Wohnverhältnisse. Die Situation führte zu Unruhen und Protesten von Arbeitslosen, Tagelöhnern und Handwerkern, die keine Arbeit mehr fanden. So gab es am 5. Mai 1847 in Stuttgart Auseinandersetzungen zwischen sogenannten „Tumultanten" und dem Militär, die mit Waffengewalt beendet wurden. Die Unruhen und die gleichzeitig lauter werdenden Forderungen nach Mitbestimmung und Pressefreiheit führten schließlich zur Revolution vom März 1848. Die schiere Not trieb Menschen in großer Zahl dazu, ihr Glück in der Auswanderung zu suchen. Im Zeitraum von 1820 bis 1920 wanderten 60 Millionen Menschen aus Europa aus. Im Jahr 1846 gab es 57 000 Auswanderer aus dem Deutschen Bund. Zwei Drittel der Menschen gingen nach Nordamerika. Hier gab es genug Land mit guten Böden und das Klima war verträglicher als beispielsweise in Mittel- und Südamerika.

Ein Musterbeispiel eines Auswanderers zur damaligen Zeit ist Karl Pfizer aus Ludwigsburg. Er gründete 1849 in

Brooklyn eine kleine Pillenfabrik. Heute ist der Name des größten Pharmaunternehmens weltweit bekannt. Levi Strauss, der damals noch Löb Strauß hieß, reiste 1853 als 24-Jähriger mit seiner Mutter und zwei Geschwistern aus dem fränkischen Buttenheim über Bremerhaven in die USA und erlebte mit seiner Bluejeans einen Bilderbuchaufstieg.

Die Organisation einer solchen Überfahrt erforderte Geschick – und kostete viel Geld. Eine Schiffsreise nach New York kostete in den 1850er-Jahren 34 Thaler, das Jahreseinkommen eines einfachen Landarbeiters betrug dagegen 24 Thaler. Die Reedereien entdeckten in den Auswanderern ein lukratives Zusatzeinkommen für sich. Wenn die Segelschiffe ihre Fracht von Amerika nach Europa gebracht hatten, war der Frachtraum auf der Rückreise leer. Hier brachte man die Menschen unter – dicht gedrängt unter Deck, oft ohne Tageslicht und Frischluft. Die katastrophalen hygienischen Bedingungen führten zu tödlichen Krankheiten wie Typhus und Skorbut. Dazu mussten die Passagiere für ihren Proviant selbst sorgen. Da die Reise wetterbedingt länger dauern konnte als geplant, verhungerten Menschen. Teilweise überlebten nur die Hälfte der Schiffsreisenden in solchen Zwischendecks die Überfahrt.

Viele der Auswanderungswilligen waren nicht in der Lage, die Überfahrt zu bezahlen. Sie ließen sich von Arbeitgebern in Amerika anwerben. Dabei verpflichteten sie sich, nach ihrer Ankunft mehrere Jahre nur für Kost und Logis zu arbeiten. Bei ihrer „Entlassung“ erhielten sie von ihrem Dienstherrn ein Stück Land zur Bewirtschaftung.

## Danksagung der Autorin

Die Autorin dankt Dr. Norbert Friedrich von der Fliedner-Kulturstiftung für das bereitgestellte Material über den Adventsbaum und dem Verlag (Verena Keil) für die Idee zu diesem Buch.

# Literatur

Luise Fliedner: „Kaiserswerther Erinnerungen“, Düsseldorf: Diakoniewerk Kaiserswerth, undatiert.

Anna Sticker: „Friederike Fliedner und die Anfänge der Frauendiakonie – Ein Quellenbuch“, © Neukirchener Verlag, 1961.

Anna Sticker: „Theodor Fliedner“, © Neukirchener Verlag, 2. Aufl., 1959.

## Literatur aus dem Internet

„1848 bis 1871 – Zwischen Revolution und Reichsgründung. Durchbruch zur Industrialisierung“. Online unter: https://www.rheinische-geschichte.lvr.de/Epochen-und-Themen (zuletzt aufgerufen am 5.5.2025)

Internetseite der Kaiserswerther Diakonie: https://www.kaiserswerther-diakonie.de/ueber-uns/das-unternehmen/geschichte/ (zuletzt aufgerufen am 5.5.2025)

Internetseite des Deutschen Historischen Museums, Blog-Eintrag: „Das Jahr ohne Sommer: Wie Europa im Klimachaos versank“. Online unter: https://www.dhm.de/blog/2016/12/05/das-jahr-ohne-sommer/ (zuletzt aufgerufen am 5.5.2025)

Stefan Flesch. „Eine Festzeitung von 1897 und was dahinter steckt“. Veröffentlicht am 16. März 2023. Online unter: https://blog.archiv.ekir.de/2023/03/16/eine-festzeitung-von-1897-und-was-dahinter-steckt/ (zuletzt aufgerufen am 5.5.2025)

Helmut Schmahl. „Auswanderung nach Nordamerika. Wirtschaftliche und soziale Hintergründe“. Online unter: https://www.auswanderung-rlp.de/

ziele-der-auswanderung/auswanderung-nach-nordamerika/
19- jahrhundert/wirtschaftliche-und-soziale-hintergruende.html
(zuletzt aufgerufen am 5.5.2025)

Barbara von Hindenburg. „Erwerbstätigkeit von Frauen im Kaiserreich und in der Weimarer Republik". Veröffentlicht am 13. September 2018. Online unter: https://www.digitales-deutsches-frauenarchiv.de/themen/erwerbstaetigkeit-von-frauen-im-kaiserreich-und-der-weimarer-republik (zuletzt aufgerufen am 5.5.2025)